Arena-Taschenbuch
Band 2581

Rune Belsvik,
geboren 1956, arbeitete als Soziologe
und in der psychiatrischen Betreuung.
Bisher schrieb er rund 20 Bücher für Kinder, Jugendliche
und Erwachsene. Er erhielt u. a. den Literaturpreis
des norwegischen Kulturministeriums und den
Neunorwegischen Jugendbuchpreis für die Originalfassung
von »Liebe ist ein Filmtrick«.

*»Mit Sicherheit ein gerne gelesenes Buch –
von Jungen und Mädchen.«*

Schweizer Bibliotheksdienst

Rune Belsvik

Liebe
ist ein Filmtrick

Aus dem Norwegischen (Nynorsk)
von Senta Kapoun

Arena

In neuer Rechtschreibung

1. Auflage als Arena-Taschenbuch 1998
Lizenzausgabe des Verlags KeRLE im Verlag Herder, Freiburg

Originalverlag: Det Norske Samlaget, Oslo 1992
Titel der Originalausgabe: »Kjærleiken er eit filmtriks«
Aus dem Norwegischen von Senta Kapoun
Umschlaggestaltung: Bayerl & Ost, Frankfurt
Gesamtherstellung: Westermann Druck Zwickau GmbH
ISSN 0518-4002
ISBN 3-401-02581-3

An einem Winterabend hat mich ein Mädchen geküsst. Sie kam im gefrorenen Gras auf mich zu. Sie sagte, sie liebt mich. Dann ging sie wieder.

Ich hatte so etwas noch nie erlebt. Bis dahin waren nur Tanten oder meine Mutter zärtlich zu mir gewesen. Manchmal auch mein Vater.

Aber jetzt ... das war etwas anderes. Damals war ich ein Kind und alle waren lieb zu mir, weil sie wussten, wer ich bin. Weil ich immer so brav meinen Teller leer aß. Weil ich ihnen so ähnlich sah. Weil ich ihr Kind war.

An einem Abend im Winter.

Ein fremdes Mädchen.

Bis dahin war ich in ihre Freundin verliebt gewesen.

Sie hat mich geküsst, wie ich es noch nie erlebt hatte. Ich war kein Kind mehr. Ich war nicht mehr irgendjemand. Ich war verwirrt.

Sie kam wieder.

Wir gingen in ein baufälliges Haus und fanden dort eine Matratze. Im Dach war ein Riesenloch und wir waren zärtlich zueinander und sagten, was uns gerade einfiel. Es war unglaublich.

Manchmal konnte ich es tatsächlich nicht glauben.
Sie hieß Grete Eik.
Grete Eik war ihr Name.
Und eines Abends habe ich sie verlassen. Ich war ein anderer geworden. Ich dachte, alle müssten mich so lieben, wie Grete Eik es tat. Ich wollte in die Welt hinaus und von allen geliebt werden. Von all den vielen schönen Mädchen.
Aber draußen in der Welt war es ganz anders. Die vielen schönen Mädchen kamen nicht einfach auf mich zugerannt. Ich war ja nicht einmal frei.
Ich sehnte mich zurück.
Denn plötzlich begriff ich, was es war. Was zwischen dem Gesicht von Grete Eik und dem Gesicht von Arne Bu lebendig geworden war.
Die Liebe.
Aber sie, Grete Eik, wollte mich nicht zurückhaben.
Sie machte die Türen in ihrem Gesicht zu. Sie machte ihre Schultasche zu und ging.
Da stand ich.
Ein Junge, der sich raus ins Leben gebuddelt hatte, ohne die geringste Ahnung, worum es da eigentlich ging.
Um was ging es denn wirklich?
Was ist der Witz an der Sache?, dachte ich. Warum stehe ich hier?
Es war Winter.
Ein Winter, der nie in mir geschmolzen ist. Er blieb kalt

bis weit in den Frühling. Erstarrtes Gras.
Ein kalter Mond. Kalte Hände. Dieser weiche Mund.
Alles, was Worte nicht ausdrücken. Atem und Stille. Ihre Gerüche im Winterabend.
Es wollte nicht schmelzen. Es floss nicht ab.

1

Diese Tage. Sie waren einfach grotesk. Jeden Morgen breiteten sie erneut ihr Licht aus. Und mitten in diesem Licht, mitten in allem, was war, brachten sie Grete Eik hervor.
Tag für Tag konnte ich sie im frühen Tageslicht in die Schule kommen sehen. Ihr Lachen floss mit allem zusammen.
Es hätte dunkel sein sollen.
Es hätte still sein sollen.
Aber jeden Tag wurde es hell.
Und Grete Eik lachte, als wäre alles ganz natürlich.
Es war nicht auszuhalten. Ich hielt es auch nicht aus.
Ich lief herum und nahm diese ganze Nacht allein auf mich.
Ein gewaltiges Dunkel, das hinter meinem Gesicht schwappte und brodelte.
Wozu soll das gut sein?

Was war der Witz mich so herumlaufen zu lassen? Mich in die Welt zu schicken, um zu leben, und dann war die ganze Geschichte nur lauter Mist. Ja, ich weinte.
Es waren zu viele Tränen, als dass ich sie hätte zurückhalten können.
Ich schloss mich in den Pausen im Klo ein.
Ich versteckte mich hinter riesigen Bäumen.
Ich kannte jetzt viele dreckige Witze.
Hinter Türen und großspurigen Worten vergoss ich Tränen.

Ich hatte so wenig von der Liebe gewusst. Ich hatte diesen und jenen Film gesehen, und alle, die sich liebten, versteckten sich dort, wo sie wohnten.
In den Filmen wuchs die Liebe, von schöner Musik begleitet, langsam in den Gesichtern empor.
Die Sonne schien und die Lippen waren auf der großen Leinwand mindestens vier Meter breit.
Es wurde immer ganz still im Kino, wenn die Liebe zum Vorschein kam. Die Liebenden waren frisch gewaschen. Sie schimmerten und funkelten. Dann kam die Musik. Hinterher weinte immer irgendjemand. Ein kleines Schluchzen irgendwo im Kinosaal.
Jedes Mal, wenn die Liebe zu Hause im Fernsehen auftauchte, sagte meine Mutter zu mir:

»Ach, ach, Arne! Was soll das nur?«
Arne, das war ich.
Arne Bu. Ein Junge, der zu wenig über die Liebe wusste. Ein Junge, der sah, wie die Tage Grete Eik in wundervollem Licht hervorhoben.

Wo war die Liebe, wenn man sie nicht im Film sah? Sie hatte bei uns nichts verloren. Vielleicht fanden sich die Richtigen hier nie. Es gab zu viel anderes, was man in Ordnung bringen musste.
Einkaufen und Essen. Abwaschen und Staubsaugen. Schulaufgaben und verquere Gedanken.
Ja.
Es gab sie, die Liebe.
Ich wusste es.
Irgendwo im Dunkeln hatte sie sich versteckt. Bebend. Ich war nämlich zusammen mit Grete Eik dort gewesen. Ich hatte dort gefühlt, wie die Liebe in mir zum Leben erwachte.
Gefühlt, wie sie nach Worten gesucht hatte. Mit den Händen getastet hatte. Die große und echte Liebe.
Zusammen mit Grete Eik hatte ich draußen im Dunkeln gestanden und hatte die Liebe in beiden Händen gehalten.
Aber ich wusste es nicht.
Das ist das Entsetzliche.
Ich hatte damals keine Ahnung davon.

Es gab so viele andere Mädchen auf dieser Erde. Ja, das hatte ich geglaubt. Wenn Grete Eik mich haben wollte, konnte von den andern doch keine »nein, danke« sagen.
Und ob sie konnten.

Sie haben mich nicht einmal angesehen!
Jetzt konnte ich es mir gut gehen lassen. Die Liebe stand zitternd im Dunkeln.
Ich hatte versagt.
Der Blindgänger Arne Bu.

Wir kriegten eine schriftliche Hausarbeit auf. Eine Facharbeit. So ist das Leben.
Die Liebe stand verlassen und zitternd im Dunkeln und da sollte ich eine Facharbeit schreiben.
Die andern aus der Klasse rannten durch die Gegend und redeten von den tollen Themen, die sie sich ausgedacht hatten.
Einer hatte schon über zwanzig Seiten geschrieben.
Ich ging aufs Klo und heulte.
Ab und zu schwänzte ich eine ganze Stunde.
Zehn Minuten waren einfach zu wenig, um meine Tränenströme loszuwerden.

Einer wollte über die Schlacht von Stiklestad* schreiben.

---

* König Olaf der Heilige fiel im Kampf um die Christianisierung Norwegens im Jahr 1030 bei Stiklestad nahe Trondheim.

Es war Jostein Myra.
Er sprach über Stiklestad, dass man meinen konnte, er sei bei dieser Schlacht selber dabei gewesen.
Oder über die Holmenkollenstafette.
Die Olympischen Spiele.
Sonja Henie, die Eiskunstläuferin.
Keiner interessierte sich für die Liebe, dieses zerbrechliche, zitternde Wesen draußen in der Finsternis.
Keiner forderte Grete Eik auf ihr schallendes Lachen bleiben zu lassen.
Ich war ganz allein.
Das wurde mir immer mehr bewusst. Es wimmelte von Menschen. Aber keiner von ihnen wusste, um was es ging.

Um diese Zeit fing ich an zu den Toten zu gehen.
Auf dem Friedhof gab es keinen, der lachte.
Keinen, der über die Schlacht von Stiklestad drauflosschwafelte.
Auf dem Friedhof war ich in guter Gesellschaft.
Dort wussten alle, dass die Liebe einsam und zitternd im Wald stand. Sie wussten, dass zum Schluss jeder in diese Grube hinuntermuss.
Es war keine Zeit für Facharbeiten und Fußballtraining.
Alles Quatsch.

Es war unheimlich.
Ich fühlte mich zwischen den Toten nicht allein.
Ich stand dort in warmen Schuhen und einer warmen Jacke. Meine Haare auf dem Kopf flatterten leicht.
Die Tränen durften in Frieden fließen.
Die Toten spendeten Trost.
Ich fühlte mich bei ihnen wohl.
Das erschreckte mich.
Was wollte ich eigentlich auf dem Friedhof? Gab es einen vernünftigen Grund dorthin zu gehen? Ich stand zwischen den Grabsteinen und wusste es. Grete Eik war der Grund.
Sie musste hier vorbeigehen, wenn sie nach Hause wollte.
Wenn sie mit ihrem Gelächter und den Teens bei den Würstchenbuden gewesen war, musste sie hier vorbei, wenn sie nach Hause wollte.
Ja.
Ich ging hinaus in die Finsternis. Fort von meiner Mutter und meinem Vater, die wie versteinert vor ihrem Fernsehen saßen.
Mein Name war Arne Bu und es war die Jahreszeit, wo bald alle Vögel zurückkommen würden.
Der Lärm des Frühlings.
Wie das Lachen von Grete Eik.
Ein schrecklicher Krach.

So kam ich auf den Friedhof. Denn ich dachte mir, hier muss sie vorbeikommen. Wenn sie unten mit den Teens zusammen gewesen war, dachte ich. Wo unten an der Kreuzung sämtliche Laternenpfähle zusammentreffen. Dann würde sie allein daherkommen. Sie musste an den Toten vorbei. Sie würde schnell begreifen, wie kurz dieses Leben ist. Mit dem Kinn im Schal. Mit dem Wind, der eine Haarsträhne in die Brise hob. Ihr ängstlicher Blick nach unten auf den Weg gerichtet, dachte ich mir. So würde sie daherkommen. Und würde es schnell bereuen, dass sie Arne Bu nicht wieder genommen hatte. Dann würde sie den Kopf heben. Hinüber zum Friedhof schauen. Und dann stünde ich dort.
Still. Klug. Einsam.
Und dann . . .

Nach welchen Regeln leben wir eigentlich? Hinter was jagen wir her? Soll die Liebe nur im Wald stehen und zittern? Oder gibt es sie gar nicht? Sind das alles nur Filmtricks?
War das schon alles?
Unterm Mond einmal ein Mädchen küssen und von da an im Licht der Erinnerung leben.
Und dann unter die Erde mit dir.

Draußen auf der Straße radeln Leute vorbei.
Jemand ist mit dem Auto gefahren. Manche gingen zu Fuß. Drei Jungen. Ein Mann. Zwei Frauen.
Sie gingen vorbei.
Aber keine von ihnen hieß Grete Eik. Das war es, was an ihnen allen verkehrt war. Leute ohne jede Bedeutung. Gleichgültige Gesichter. Hinter was waren sie her? Sie hießen nicht Grete Eik. Und

trotzdem gingen sie dort, als würden sie dort hingehören.

Ja.
Die Liebe stand zitternd im Wald. Denn dort war sie über einen hart gefrorenen Hang heraufgekommen. Ihr Gesicht war auf mich zugesegelt. Das runde Kinn tief im Schal. Ein Kinn, das sie wegen ein paar Pickeln versteckte. Und weil das Kinn zu früh aufhörte, wie sie sagte.
»Ich habe ein blödes Kinn«, sagte sie einmal.
Wir lagen in einem alten Schuppen mit einem Loch im Dach. Der Mond schien auf uns herunter, schien durch das morsche Gebälk mit seinen zerbrochenen Brettern.
Dort lagen wir und sprachen über unsere Körper. Rundum auf der Welt gab es Kriege und Straßenverkehr. Fabriken und Geschäfte.
Registrierkassen schepperten. Während wir unter dem Mond auf einer kalten Matratze lagen.
Weiter unten im Dunkeln hielten unsre Hände einander fest. In aller Ruhe lagen sie dort unten und hielten einander fest, während unsere Münder drauflosschwatzten.
»Dein Kinn?«, sagte ich.
»Es hört zu früh auf.«
»Soll ich es ein bisschen runterziehen?«

»Blödsinn.«
»Schönes Kinn, du. Wirklich.«
»Warum willst du's dann ein bisschen runterziehen?«
Plötzlich verschwand ihre Hand dort unten im Dunkeln. Denn so war sie. Sie entzog sich plötzlich. Wie eine Schildkröte. Den Kopf rein in den Panzer. Da musste ich sie wieder rauslocken.
Und dann. Wenn sie endlich wieder herauskam. Dann war die Liebe wieder da.
Und dann ging ich meiner Wege. Eines Tages ging ich von ihr fort.
Hinaus in die Welt zu all den schönen Mädchen, dachte ich.
Jetzt stand ich auf dem Friedhof.
Mein Großvater lag irgendwo unter meinen Füßen. Er war ebenso still wie alle anderen hier. Er hatte viel mit mir geschimpft, als er noch lebte. Er hatte meinen Vater verhauen. Er hatte wohl auch jemanden geliebt. Er war wohl auch irgendwann durch den Wald gegangen und hatte gefühlt, dass die Worte zu klein wurden. Dass die Hände zu groß wurden. Dass die Stille auf der Erde emporzuwachsen begann und zu Liebe wurde.
Die Vögel waren auf dem Rückweg in den neuen Frühling. Der Frühling würde nicht abgesagt werden. Fahnen würden wehen und Birken würden grün.

Und ich hatte noch nicht mit meiner Facharbeit angefangen.

Ich ließ die Tränen fließen. Dieser unheimliche Klang meines Weinens. Ich versuchte mich zu dämpfen. Aber unter den Rippen rumorte das Wein-Geräusch wie ein behindertes Kind.

Ich ging nach Hause. Es gab keinen anderen Ort, wo ich hätte hingehen können. Unten bei den Wurstbuden und im Café gab es zu viele, die lachten. Sie hätten mich sehen und versuchen können mir einen Witz zu erzählen.
Ich hätte gezwungen sein können zu lachen.
Das schaffte ich nicht.

4

Zu Hause saßen meine Mutter und mein Vater im Licht des Fernsehers. Sie saßen nicht einer dem andern auf dem Schoß. Sie saßen jeder auf einem Stuhl und mein Vater hatte sich ein Bier geholt. Er sah fett und müde aus. Ein Denkmal, das jemand angefangen und schnell wieder aufgegeben und einfach so stehen gelassen hatte.
Meine Mutter hatte Magengeschwüre und war bleicher als der Mond. Ihr Lippenstift war schon lange abgegangen. Möglich, dass sie es war, die angefangen hatte meinen Vater in Stein zu hauen. Möglich, dass sie es war, die aufgegeben hatte. Jetzt saß sie einfach mit einem Geschwür im Magen da.
Im Fernsehen war die Liebe. Sie warf ihr bläuliches Licht auf die Gesichter der beiden. Mein Vater grinste. Als schämte er sich ein bisschen, dass es so dasaß und zuguckte.

Ich ging in mein Zimmer. Sie waren einmal ein Liebespaar gewesen, die beiden. Es war nicht leicht, das zu glauben. Dass das, was dort im Wohnzimmer saß, einmal Liebe gewesen war.
Nach welchen Regeln leben wir eigentlich?, dachte ich.
Warum werden wir ohne einen einzigen Zettel in der Hand auf diese Erde geschickt?
Wer ist das, der sich über uns ins Fäustchen lacht?

Meine Schultasche stand ungeöffnet neben dem Schreibtisch.
Ich hätte Aufgaben machen sollen. Aber was war daran der Witz? War es nicht an der Zeit, dass jemand aufstand und uns sagte, was wir eigentlich sollten?

5

Die Tage verbreiteten Tag für Tag ihr Licht.
Man konnte nie wissen, was man zu sehen bekommen würde.
Im Großen und Ganzen war es immer dasselbe wie am Tag davor.
Aber man konnte nie sicher sein.
Und eines Tages geschah plötzlich etwas Groteskes.
Es war unfassbar. Es war nicht zu glauben. Aber im vollen Tageslicht konnte ich sehen, dass es wahr war.
JOSTEIN MYRA und GRETE EIK.
Jostein Myra ging in meine Klasse. Er war ein aalglattes kleines Miststück. Ich war vom ersten Schultag an mit ihm in die Klasse gegangen. Einmal durfte ich zu seinem Geburtstag nicht dableiben, weil ich als Geschenk nur Buntstifte mitgebracht hatte. Er hatte schon so viele Buntstifte bekommen,

dass er keine mehr brauchen konnte. Also schickte er mich ganz einfach wieder nach Hause.
Ein anderes Mal hat er mir am Strand einfach die Badehose runtergezogen.
Er hatte immer eine rotzige Nase.
Er war sogar stolz darauf, dass er das fertig brachte. Schleimige grüne Bäche quollen ihm aus dem Rüssel. Ja. Nun ja, das war, ehe wir in die Realschule kamen, aber trotzdem. Er erschreckte die Mädchen mit seinem Rotz. Er ist ihnen nachgelaufen.
Das war Jostein Myra.
Er wollte die Facharbeit über die Schlacht von Stiklestad schreiben.
Er war ein Schleimi.
Er war widerlich.

Und trotzdem. Ohne dass jemand protestierte. Ohne dass die Sonne zu scheinen aufhörte. Ohne dass die Vögel in der Luft umkehrten. So ging Jostein Myra draußen im Schulhof Hand in Hand mit Grete Eik.
Wie war so etwas möglich?
Wie waren sie einander begegnet?
Und noch dazu – ja –, noch dazu fingen jetzt die Vögel an in den Baumkronen zu landen und den neuen Frühling vorzubereiten.
Kuckuck und Zeisig, Amsel und Star.

Nein, dachte ich.
NEIN!
Das ist nicht möglich.
Lass mich aufwachen.
Aber ich war wach. Ich kriegte sogar geschimpft. Ich hatte meine Aufgaben nicht gemacht. Und ein Thema für die Facharbeit hatte ich auch noch nicht gefunden.
So war das.
Ich kriegte vom Lehrer geschimpft. Während Jostein Myra und Grete Eik Hand in Hand gingen.
Und die Liebe?
Stand sie immer noch zitternd im Wald?

Ihre Lippen, dachte ich.
Das kleine Kinn.
All dieses Unglaubliche, nach dem mein ganzes Ich sich sehnte.
Das hielt nun Jostein Myra in der Hand.
Er, der . . .
Pah.

»Ja?«, sagte mein Lehrer.
»Was?«, sagte ich.
»Die Facharbeit.«
»Ja?«
»Sie muss in zwei Wochen abgegeben werden.«

»Oh ja.«
»Oh ja?«
»Ja?«
»Geht's dir nicht gut?«
»Gut?«
»Ja, gut.«
»Doch.«
»Worüber wirst du schreiben?«
»Keine Ahnung.«
»Du hast keine Ahnung?«
»Nein.«

Ich stand da und sah aus dem Fenster. Die gewöhnlichen Erdbewohner waren dort draußen. Grete Eik und Jostein Myra.
Sie standen da und lachten.
Sie lachten?
Plus ein paar hundert andere Schüler.
Und viele, viele Vögel.

»Begreifst du nicht, dass das für dein Weiterkommen wichtig ist?«, fragte der Lehrer.
»Hm?«
»Dass du deine Arbeit abgibst.«
»Wie?«
»Deine Facharbeit. Du bist kein Kind mehr. Du musst zeigen, dass du so eine Arbeit fertig bringst.

Es gibt doch massenhaft Sachen, über die man schreiben kann.«
Mondlandungen. Ölbohrungen in der Nordsee. Schlagersänger. Die Schiffswerft. Die Arbeiterpartei. Kriege. Ja.
»Ich will . . .«
»Ja?«
»Kann ich . . .«
»Was denn?«
»Schreiben über . . .«
»Ja?«
»Über die Liebe und so.«
»Liebe und so?«
Es klingelte zur Stunde. Der Lehrer klatschte seine Papiere zusammen und stopfte sie in die Aktentasche.
»Überleg dir's bis morgen«, sagte er. »Es ist die letzte Frist.«

Sie kamen herein. Diese normalen Menschen auf zwei Beinen. Unter ihnen war Jostein Myra.
Er hatte keinen Rotz unter der Nase.
Er hatte ein widerliches Grinsen dort.
Als wäre die Schlacht von Stiklestad gerade geschlagen und er hätte die ganze Bande soeben abgemurkst.
Ich hätte ihn erwürgen sollen.

Aber er gehörte nicht zu den Toten. Er hätte nicht dazugepasst. Denn die Toten wussten, worum es ging, und waren still. Sie mischten sich nirgends mehr ein.
Jedenfalls hauten sie nicht mit dem Mädchen eines anderen ab.
Nein.
Er hatte die Schlacht von Stiklestad noch nicht gewonnen. Ich drehte mich während der Stunde zu ihm um. Jostein Myra. Seine Augen schwabberten im Gesicht herum. Er hatte Schwierigkeiten einfach ein Mädchen zu übernehmen, mit dem ich fertig war. Das wusste er genau.
Aber ich kriegte in seinem Gesicht etwas anderes zu sehen. Etwas, das ich bisher noch nie gesehen hatte. Es musste lange her sein, seit ich mir die Mühe gemacht hatte Jostein Myra ins Gesicht zu sehen. Denn dort, wo früher der Rotz herausgequollen war, hatten ein paar dunkle Haare zu wachsen angefangen.
Er kriegte in drei Teufels Namen einen Bart.
Vor mir.

Die Liebe ist ein Filmtrick, dachte ich. Wäre das nicht ein schöner Titel für eine Facharbeit?

6

Jostein Myra und Grete Eik.
Das war ein trauriger Anblick.
Sie standen mit ein paar anderen zusammen und ihr Lachen vermischte sich. Hatten sie wirklich etwas zu lachen? Grete Eiks Lachen, das waren himmlische Glöckchen. Jostein Myra lachte wie ein Haufen Frösche. Sie war so voller Licht und Luft gewesen. Sie hatte mit ihrem unerreichbaren Wesen oben in den Wolken geschwebt. Ich hatte auf dem Friedhof gestanden und auf sie gewartet. Ein Wesen aus Luft und Licht. Und jetzt hatte Jostein Myra sie auf die Erde heruntergezogen. Das war widerlich.
Wie konnte sie unsre gemeinsamen Erinnerungen auf diese Weise beschmutzen? Sich mit so einem schleimigen Wurm einlassen! Mir war speiübel.
An ihr kleines Kinn dachte ich. Würde er dieses Kinn jemals mit seinem Mund beschmutzen?

Würde er ihr jemals sagen, ihr Kinn sei wirklich nicht zu klein?
Hat er überhaupt eine Ahnung von Kinnen!
Und dann seine gierigen Hände. Hat sie wirklich vor die an Knöpfen und Hosenbund vorbeizulassen bis . . .? Wahrscheinlich hatte sie jetzt nicht einmal mehr eine Strumpfhose an. Es war ja Frühling. Vielleicht ging sie jetzt ohne Strumpfhose.
Nackt unter den Jeans!

Solche Gedanken beschäftigten mich also, während ich den Leuten ringsum Witze erzählte.
Plötzlich machte Grete Eik einen weiteren Schritt auf Jostein Myra zu. Sie standen fünfzig Meter von uns entfernt. Aber ich sah es ganz deutlich. Sie lief ihm direkt in die Fänge. Sie legte sogar einen ganzen Arm um ihn. Sie sahen zum Kotzen verheiratet aus. Aber nichts geschah. Alle ließen es geschehen. Nicht ein Ziegelstein fiel aus der Schulmauer.
Ihre beiden Gesichter waren absolut ineinander. Sie konnten gar nicht enger zusammenkommen. Ich erzählte noch einen Witz. Die Leute, die so bei mir rumstanden, lieben Witze.
Sie lachten. Irgendeiner lachte immer.
Und die Liebe?
Wen interessierte schon die Liebe?

7

Arne Bu. Den interessierte die Liebe. Zumindest glaubte er das selbst. Er hatte sogar vorgehabt eine Facharbeit darüber zu schreiben. Er wollte diesem Thema auf den Grund gehen und herausfinden, ob sie etwas anderes war als Luft.
Hoho.
Arne Bu.
Das war nämlich ich.
Ding-dong.

Ich saß daheim auf dem Bettrand und wartete auf mich selbst. So ein Gefühl hatte ich.
Ich hatte Angst vor dem Heimgehen. Draußen konnte ich Witze erzählen. Ich konnte aus dem Fenster springen. Ich konnte mich mit dem Lehrer anlegen. Ich konnte über die Gesellschaft von heute quatschen.

Ich bekam Applaus.
Ich brachte andere zum Lachen.
Ich kriegte schon mal Ärger.
Solange ich es schaffte, den Zampano rauszuhängen.
Aber zu Hause. Auf dem Bettrand.
Da konnte ich keinem mit starken Sprüchen kommen. Da war es aus mit faulem Zauber. Hier saß nur Arne Bu.
Ich.
Ein kaputter, ängstlicher kleiner Maulheld, der eine Facharbeit über die Liebe schreiben wollte.

»Na schön«, sagte der Lehrer. – »Die Liebe. Na schön.«
»Der junge Mensch und die Liebe«, sagte ich.
»Ist das der Titel?«
»Ja. Irgendwie.«
»Und wie denkst du dir . . . hast du ein Konzept?«
»Ich will Leute interviewen.«
»Leute?«
»Ja.«

Wie sollte ich das zu Stande bringen? Gab es einen vernünftigen Grund, sich auf solchen Schmus einzulassen?
Leute über Liebe zu interviewen!

Ja.
Es gab einen Grund.
Und es war ein ziemlich einfacher Grund.
Dieser Gedanke kam mir eines Tages in meiner Jugend Lenz.
Ich kam hinaus in den Schulhof und sah zwei, die sich ineinander verliebt hatten.
Einen Frosch und einen Engel.
Sie gingen miteinander, als wäre das ganz natürlich.
Ich wollte sie auseinander sprengen. Ich musste sie zu der Einsicht bringen, dass das alles der reine Irrsinn war. Dass sie einander so schnell wie möglich loslassen müssten.
Aber wie sollte ich das zu Stande bringen? Wie konnte ich eingreifen und ihnen das austreiben, was passiert war?
Ich konnte nicht einfach hingehen und sie fragen.
Ich musste einen vernünftigen Grund haben.
Ich musste ihnen zeigen, dass ich stark war.
Dass ich nicht verletzt war.
Dass ich . . .
Und die einzige Möglichkeit, das Einzige, was mir dazu einfiel, war, dass ich über sie eine Facharbeit schrieb.
Ja.
Sie zu einem Interview einladen. Alles aus ihnen

rauskriegen. Ihnen die Augen öffnen, damit die Welt wieder zur Ruhe kam.
Das war es.
Grete Eik und Jostein Myra waren der Grund für das alles.

8

Es passierte in diesen Tagen etwas mit Jostein Myra. Sein alter Rotz verdampfte irgendwie. Der Bart wuchs. All das Widerwärtige, was ich von ihm wusste, war wie weggeblasen.

Er war wie gereinigt.

Als hätte Grete Eik ihn nach und nach aus den alten Erinnerungen heraus an die Sonne gehoben. Es genügte nicht, all das Widerwärtige von ihm zu wissen.

Er war dabei, neu zu werden.

Es war ihm egal, dass ich ihn ansah.

Er hatte seine Facharbeit fertig geschrieben. Aber er gab nicht damit an. Er sagte nicht ein Wort mehr über Stiklestad.

Er machte kein ängstliches Gesicht, als ich ihn nach einer Schulstunde aufhielt. Als ich ihn am Arm packte und sagte, dass ich ein bisschen mit ihm reden wollte.

»Ja?«, sagte er nur.
»Du weißt ja, meine Facharbeit«, sagte ich.
»Über Liebe und so?«
»Ja. Ich habe vor ein paar Leute zu interviewen. Ein paar jüngere und ein paar ältere.«
»Über die Liebe?«
»Ja, es ist nur . . .«
»Einfälle hast du, Arne.«
»Meinst du, ich könnte dir und Grete ein paar Fragen stellen?«
»Fragen? Was für Fragen denn?«
»Ganz gewöhnliche Sachen.«
»Ja, wenn Grete will.«

»Wenn Grete will«, sagte Jostein Myra. Ihr Name kam aus seinem Mund. Ganz ruhig und schön kam dieser Name aus seinem Mund. Als gehörte dieser Name nur dort und nirgendwo sonst hin. Er hatte gewonnen. Ich fühlte es genau. Alles war aus.
Der Name GRETE wohnte in Jostein Myras Mund. Ich zitterte. Ich blieb in der Klasse zwischen den leeren Schulbänken stehen, als er hinausging.
Ich sah seine Schultasche. Sie strahlte Kraft aus. Ich hatte Lust sie aufzumachen und nachzusehen, ob ich vielleicht etwas fand. Eine Antwort auf das, was passiert war.
Aber ich wagte es nicht.

Seine Schultasche war beschützt.
Von der Liebe?

Ich sah, wie er draußen zu ihr ging. Dass er etwas zu ihr sagte. Sie schaute kurz zum Fenster herauf, an dem ich stand.
Ein Mädchen, das im Dunkeln des Winters auf mich zugekommen war.
Ein Mädchen, das unter dem Mond an meiner Seite gelegen hatte. Ich hatte ihr sagen müssen, dass ich ihr Kinn lang genug fand.
Jetzt stand sie draußen in der Frühlingssonne mit nacktem Kinn über dünnem Pulli.
Im Vogelgezwitscher und all dem anderen Unwahrscheinlichen.
Ich zitterte.
Ich setzte mich in meine Bank.
Ich weinte.

9

Sonntags war es überall so still.
Die Leute wollten Ausflüge machen. Meine Eltern wollten in unsere Hütte fahren. Es war an der Zeit, nach dem Winter ordentlich durchzulüften und neue Luft und neues Licht einzulassen.
Sie waren wie besessen. Sie packten Schachteln voll. Sie schubsten herum, waren sich gegenseitig im Weg. Das Lächeln wich nicht von ihren Gesichtern.
»Was ist denn mit dir los, Arne?«, zwitscherte meine Mutter.
»Gar nichts«, sagte ich.
Es war das, was ich immer sagte. Ich konnte jetzt doch nicht mit der Liebe loslegen. Irgendwelche Liebe. Hah!
»Hol doch mal das Angelzeug«, sagte mein Vater.
»Ich hab eigentlich keine Lust mitzukommen«, sagte ich.

»Klar kommst du mit«, sagten beide.
Ich stellte mir vor, dass hier Grete Eik und ich beim Einpacken waren. Dass wir einen Sonntagsausflug zu unsrer Hütte machen wollten.
Es musste ganz phantastisch sein.
Aber sie dürfte kein Magengeschwür haben.
Ich dürfte keinen Bierbauch haben.
Wir dürften einander nicht nur gegenseitig im Weg sein und herumschubsen.
Wir dürften ...
Aber Grete Eik war mit Jostein Myra zusammen. War es nicht an der Zeit, dass ich das endlich kapierte?
Vielleicht waren die zwei schon draußen im Wald. Zeigten einander die Vögel in der Luft. Lehnten an einem Baum und küssten sich.

»Aber«, sagte meine Mutter. »Was ist denn los, Arne?«
War denn etwas los? War es nicht ein ganz gewöhnlicher Sonntag? Bald würden die Kirchenglocken läuten.
»Du weinst ja«, sagte meine Mutter.
»Was?«, sagte mein Vater.
Sein Kopf steckte in der Tasche mit dem Angelzeug. Mit einem Ruck richtete er sich auf.
»Bist du krank?«, sagte er.

»Hab nur ein bisschen Magenweh«, sagte ich.
»Magen?«, rief er aus.
»Wird schon besser«, sagte ich.

10

Ich saß auf dem Felsen und schaute auf die See hinaus. Dort waren zwei Boote. Sie lagen zum Fischen am Stag. Hinter mir schüttelte meine Mutter Bettzeug aus und mein Vater hatte sich einen Hammer geholt.
Alles rundum gehörte irgendwie dorthin, wo es war. Als hätten alle Menschen auf der Erde Weisung bekommen, wohin sie gehen und was sie dort tun sollten. Die Menschen in den Booten. Meine Mutter und mein Vater. Alle in meiner Klasse.
Ich war der Einzige, der keine solche Weisung bekommen hatte. Ich war zu spät gekommen, als die Zettel ausgeteilt wurden. Drum saß ich hier und fühlte, dass ich verkehrt angekommen war. Nichts stimmte. Aber ich wusste nicht, was ich dagegen tun sollte.
Der Tang schwappte in der See. Ich wusste, dass es

im Wasser kalt war. An der Oberfläche gab es Licht und Sonne und Boote. Aber gleich darunter, unten in der Tiefe, war es dunkel und still.
War es nicht an der Zeit, sich ein wenig zusammenzureißen?
Ich ging mir die Angel holen. Meine Mutter und mein Vater lächelten dazu. Es gefiel ihnen, dass ich mir meine Angel holte. Es erinnerte sie vielleicht an letztes Jahr. Als ich den ganzen Tag fischte und am Strand kleine Krabben fing.
Im Jahr bevor die Liebe über mein Leben hereinbrach.

11

Ich hatte Angst. Ich ging zu den Toten und sagte es ihnen.

»Ich habe Angst«, sagte ich.

Der Wind blies trockenen Staub durch den Abend. Die Toten antworteten nicht. Das Schweigen war groß und erschreckend. Die Kirche hob sich gegen den Himmel ab und die Grabsteine waren voll Vogeldreck.

Ich entdeckte, wo ich stand. Ich wusste nicht, wie ich dort hingekommen war. Ich hatte zu Hause im Dunst meiner Schulbücher gesessen. Ein ganz neues Schreibheft hatte ich bekommen. Das sollte mit der Facharbeit gefüllt werden.

DIE LIEBE IST EIN FILMTRICK

hatte ich auf den Umschlag geschrieben.

Ich war nicht ganz bei Trost. So viel hatte ich begriffen. Dann war ich ins Freie gegangen. Vielleicht,

vielleicht, vielleicht kam sie an diesem Abend, hatte ich gedacht. Dann hätte ich stattdessen über die Schlacht von Stiklestad schreiben können.
Ich hatte Angst.
Ich hatte Angst, sie würde nicht kommen.
Ich hatte Angst, sie würde kommen. Ich hatte Angst, weil alles so glatt gegangen war.
Es war ganz in Ordnung, dass ich eine Facharbeit über die Liebe schrieb. Und als ich fragte, ob Jostein Myra und Grete Eik einige Fragen in dieser Angelegenheit beantworten würden, da ... Sie sagten Ja. Alle zwei.
Sie knallten mir keins vor den Latz. Sie wollten ganz einfach kommen und das beantworten, was ich sie fragte.
Was sollte ich denn fragen?
Warum hat keiner mich zurückgehalten und mir schön wieder meinen Platz im gewöhnlichen Leben zugewiesen?
Sollte ich nur hier zwischen den Toten stehen? In all dem trockenen Staub.
Sie kam nicht.
Selbstverständlich nicht.
Der Wind würde mir auch nicht erzählen, wo sie war. Drei Tauben. Aber sie sagten nichts von Grete Eik. Die Toten waren ebenso still. Nicht ein Wort zum Trost.

Seid ihr glücklich?
Wäre so eine Frage passend? Oder:
Du, Grete Eik. Wie kommt es, dass du mit dieser Kröte Jostein Myra zusammen bist, wo du doch weißt, dass du den Helden Arne Bu wiederhaben könntest?
Erinnerst du dich an die Matratze unter dem Mond?
Kann er besser küssen als ich?
Kriegt er deinen Hosenknopf genauso schnell auf wie ich?
Ich musste mich zusammennehmen. Das Leben hatte begonnen.
Es hatte keinen Sinn, es zurückzuspulen. Es gab nur einen einzigen Ausweg. Einen einzigen Knopf. Auf diesem Knopf stand: AUS. OFF. GAME OVER.
Aber ich wollte ihn nicht abschalten. Ich wollte den Rest auch mitkriegen. Vorausgesetzt, ich konnte vorher das Gleichgewicht in der Natur wieder herstellen.
Ich musste sie zurückhaben.
Sie würden bald kommen. An einem der nächsten Abende würden sie kommen. Sie hatten Ja gesagt. Bis oben voll mit Antworten würden sie in meinem Zimmer sitzen.
So dumm waren die.
Aber was sollte ich sie fragen? Gab es vernünftige Fragen, die ich stellen konnte? Ich musste das herausfinden, ehe sie kamen.

Dort, wo ich stand, fiel mir ein Boot auf. Ein großes Schiff aus Eisen. Es pflügte sich durch die kalten Wellen. Es waren wohl Menschen an Bord. Sie wollten in eine andere Stadt in der Welt. Sie waren wahrscheinlich viele.
Vielleicht hatte keiner von ihnen von Grete Eik gehört. Vielleicht wusste keiner von ihnen, dass in diesem Jahr eine Facharbeit über die Liebe geschrieben werden würde.
Das war ein Trost.
Ein schwacher Trost, der hinter kleineren und größeren Inselchen verschwand.

12

Sie kamen an einem Abend im April. Ich hatte mein Zimmer aufgeräumt. Grete Eik war früher schon hier gewesen. Sie war sogar schon unter meiner Bettdecke gewesen. Ich hatte mich an den rosa Bezug von damals erinnert. Jetzt hatte ich ihn wieder drauf. Frisch gewaschen.

Meine Mutter war glücklich, weil ich zum ersten Mal mein Bett selbst frisch überzogen hatte.

Sie wollte für meine Gäste Appetithäppchen und Tee vorbereiten. Aber ich wollte nichts zu essen und trinken haben.

Ich wollte über die Liebe schreiben.

Ich wollte mich zwischen Grete Eik und Jostein Myra eingraben und sehen, was dort zu finden war. Schnittchen und Tee passten nicht dazu. Nichts passte dazu.

Ich saß da und spitzte meinen Bleistift. Ich saß da

und dachte darüber nach, wie leicht es war, Leute hinters Licht zu führen. Sie so weit zu bringen, dass sie sich über ihre Liebe interviewen ließen. Dass sie sogar bis zu mir nach Hause kommen wollten, um mir ihre Antworten zu geben.
Wenn sie einander nur nicht lieben, dachte ich. Das kann doch nicht wahr sein?
Irgendwo in ihrem Innern muss sie sich doch nach mir sehnen.
Ich bin es doch, der der Richtige ist. Es kann kein anderer sein.

13

Ich war kein Kind mehr. Als Jostein Myra das letzte Mal in meinem Zimmer war, war er johlend im Bett herumgehopst. Wir wollten spielen, dass das Bett ein untergehendes Schiff ist.

Dann kam Grete Eik an Bord. War Grete Eik jemals ein Kind gewesen? War sie in Betten herumgehopst und hatte sie in die Hose gemacht? Hatte sie sich das Knie blutig geschlagen und nach ihrer Mama gebrüllt?

Sie sah nicht danach aus.

Sie sah aus, als wäre sie vollkommen fertig in die Welt gekommen, bereit geliebt zu werden.

Das Kinn.

Das musste das Einzige sein. Dass das Kinn vielleicht ein bisschen klein war.

Aber das reichte nicht aus, um mich zu beruhigen.

»Na also, Arne«, sagte Jostein Myra.

Er saß in meinem Zimmer, als wäre nichts.
Er war bereit alles nur Mögliche zu beantworten. Es sah sogar aus, als mache ihm das Spaß.
»Wie bist du denn darauf gekommen?«, lächelte er.
»Auf was denn?«, sagte ich.
»Dass du so ein Thema nimmst?«
»Ich weiß nicht. Ist mir einfach so eingefallen.«
»Willst du nur mit uns beiden reden?«, fragte Grete Eik.
Sie war ein bisschen unruhig. Das war gut.
»Selbstverständlich nicht«, sagte ich. »Ich will viele Leute interviewen. Junge und Ältere. Ich muss herausfinden, ob es die Liebe überhaupt gibt.«
Grete Eik wurde rot. Jostein Myra grinste.
Der Bettbezug war rosa und mein Herz klopfte drauflos.
»Seid ihr bereit?«, fragte ich.
Sie sahen einander kurz an. Waren sie bereit?
Sie wirkten ein bisschen verwirrt, als ihre Augen sich trafen.
»Ja, aber ich antworte nicht, wenn ... «, sagte Grete Eik.
»Nur wenn du willst«, sagte ich.
Ich hatte mein Arbeitsheft auf dem Schoß. Den Bleistift in der Hand. Die Zunge im Mund. Die Nase im Gesicht. Die Haare auf dem Kopf.
Ich begann.

»Irgendetwas kapiere ich dabei nicht«, sagte ich. »Stellt euch mal alle Leute vor, die sich verlieben und so. Wie finden die einander eigentlich? Wie war das zum Beispiel, als ihr zwei rausgekriegt habt, dass ... ja?«
»Lieber Gott«, sagte Grete Eik.
Die schwierige Frage stand wie ein Tier vor ihr. Sie zog sich tiefer in den Sessel zurück. Das Tier stand ihr geifernd zu Füßen.
»Das ist doch wohl nichts Besonderes«, sagte Jostein Myra. »Plötzlich standen wir so da und haben zusammen geredet und so. Ja, und dann wurden wir zu einer Party eingeladen und dann ... Ja.«
Grete Eik sah ihn an. Sie wirkte ein bisschen erstaunt. Als hätte sie bis jetzt nicht begriffen, wie einfach das alles eigentlich war. Dass man das tatsächlich mit so gewöhnlichen Worten ausdrücken konnte.
»Schreibst du das auf?«, staunte sie.
»Ja«, sagte ich.
»Du liebes bisschen«, sagte sie.
Jostein Myra schüttelte ein wenig den Kopf.
Er war voll in Form. Er gefiel sich. Er hatte sich die Haare gewaschen, wie ich merkte. Der Duft von Shampoo quoll aus seinen Locken.
Plötzlich hatten sie also einfach so dagestanden und geredet. Ganz zufällig. Dann waren sie zu einer

Party eingeladen worden. Bei wem war denn diese Party gestiegen? Wieso hatte man mich nicht eingeladen? Wäre ich dort gewesen, dann ...

»Findet ihr es am besten, wenn ihr allein seid, ihr beide? Oder seid ihr lieber mit vielen zusammen?«

Nun stand das Tier wieder im Zimmer. Es fauchte Grete Eiks Beine an. Sie schluckte. Sie schaute auf den Fußboden. Sie schaute auf. Sie schaute weg.

Aber Jostein Myra hatte keine Angst vor Tieren. Er hatte überhaupt vor gar nichts Angst.

»Klar sind wir mit andern zusammen«, sagte er.

Ah, seufzte mein Herz.

Sie verstecken sich nicht.

Sie liegen nicht unter dem Mond und reden von ihrem Kinn. Sie haben dafür nicht genug Liebe, diese Dummköpfe.

»Ja, aber ...«, sagte Grete Eik.

Es gefiel ihr nicht.

Das gefiel mir.

Ich hoffte, sie würde das jetzt bald begreifen. Auf was für einen Blödmann sie sich da eingelassen hatte. Dass die Liebe zitternd im Wald stand, während Jostein Myra hier saß und drauflosquatschte. Dass das, womit sie sich jetzt abgab, dem ganzen Leben Hohn sprach.

»Wir sind natürlich auch gern alleine«, sagte Jostein Myra. »Und machen Ausflüge und so. Aber ich glaube, es ist falsch, sich zu isolieren, wenn man so jung ist. Wenn die Leute heiraten und sich ein Haus bauen, dann ... ja, dann sind sie viel allein. Rede ich zu schnell?«

»Nein, nein«, sagte ich.

Der Bleistift raste übers Papier. Er kratzte bis in mein Herz und die Augen von Grete Eik waren auf der anderen Seite des Zimmers. Es war, als ruderte sie weg. Durch die Wand und weit, weit fort.

Würde sie nicht bald genug haben?

Hörte sie nicht, dass der dort ihr einen Heiratsantrag machte?

»Wenn es um die Zukunft geht«, sagte ich.

Denn noch konnte ich reden. Noch war meine Stimme irgendwo im Hals vorhanden. Aber ich befürchtete, dass alles bald zu Ende sein würde. Denn jetzt kam bald die entsetzliche Frage.

Vielleicht die allerletzte. Wenn sie darauf mit Ja antworteten, dann war das Leben entschieden. Wenn Grete Eik weiterhin dort sitzen blieb und durch die Wand verschwand. Wenn ...

»Habt ihr schon daran gedacht, dass ihr vielleicht heiraten wollt?«, sagte ich.

Ja. Das sagte ich. Die Frage sauste einfach so aus meinem Mund heraus. Sie flatterte über die Gesichter der beiden und kniff sie ins Ohr.

Sie kicherten. Die Frage kitzelte sie.

»Du stellst vielleicht Fragen«, sagte Jostein Myra. »Das können wir doch jetzt noch nicht wissen«, sagte Grete Eik.
Ich notierte. Ich schrieb um mein Leben. Denn das Leben war es, worüber ich schrieb. Dieses merkwürdige Leben, das sich in mir drehte und krümmte.

»Nein, es ist wohl noch ein bisschen zu früh, so was zu wissen«, sagte Jostein Myra.
»Es gibt viele, die sich in diesem Alter kennen lernen und für den Rest ihres Lebens zusammenhalten«, sagte ich.
Den Rest ihres Lebens.
Grete Eik sah ein bisschen erschrocken aus.
Ich hoffte, es würde ihr jetzt dämmern.
Was geschehen konnte, wenn sie mit dem Leben herumspielte.
Sie konnte mit Jostein Myra sitzen bleiben, bis alles vorbei war.
»Wenn ihr findet, dass es schwierig ist, über so was zu sprechen, kann ich auch was anderes fragen«, sagte ich.
»Das ist doch nichts Schwieriges«, sagte Jostein Myra.
In mir herrschte, was Fragen betraf, eigentlich absolute Leere. Ich wusste schon viel zu viel. Aber ich musste einfach weitermachen. Schließlich saß ich

mit dem Bleistift in der Hand da und musste eine ganze Facharbeit schreiben. Bis jetzt hatte ich nicht mehr als anderthalb Seiten geschrieben.
Aber was sollte ich die zwei fragen? Gab es vielleicht eine Frage, die die beiden einfach vom Sessel reißen würde? Eine Frage, die ...
»Wenn ihr zum Beispiel allein seid«, sagte ich. »Was tut ihr da am liebsten?«
Erst jetzt war so etwas wie Unruhe im Gesicht von Jostein Myra zu bemerken. Aber es dauerte nicht lange. Er schwärmte davon, wie gerne sie über verschiedene Sachen redeten. Oder ans Meer gingen, um den Abend kommen zu sehen. Das schöne Licht über dem Meer.
Ja.
Ich hatte Jostein Myra und Grete Eik allmählich gründlich satt. Ich fand sie widerlich. Die zwei saßen da und ließen sich hinters Licht führen. Sie spielten mit dem Leben herum, als hätten sie unterwegs irgendwo ein neues Gesellschaftsspiel entdeckt. Besonders Jostein Myra. Er würde nie vom Stuhl fallen. Ich konnte ihn ausfragen, bis unter seinen Kleidern keine Spur von Fleisch mehr übrig war. Aber sein Skelett würde weiterhin dort sitzen und Antwort auf Antwort geben.
Da war ich mir ganz sicher.
»Glaubt ihr, dass es die Liebe gibt?«, sagte ich.

»Ganz klar«, sagte Jostein Myra.
»Inwiefern?«, sagte ich.
»Ganz im Ernst, Arne«, sagte er. »Das weißt du doch wohl selber.«
»Nein«, sagte ich. »Ich glaube nämlich nicht, dass es irgendeine Liebe gibt. Ich glaube nur, dass sie ein Ort ist, nach dem wir immer wieder suchen.«
»Es nützt nichts, nach der Liebe zu suchen,« sagte Grete Eik.
»Warum das?«, fragte ich.
»Sie kommt irgendwie von selbst.«

Das sagte sie. Damit hatte sie mich zu Boden gezwungen. Irgendwann war ich mit ihr zusammen gewesen. Wir waren im Wald in die Liebe hineingestolpert. In einem alten, verfallenen Haus mit einem Loch im Dach.
Mitten im Winter hatten wir uns dort ausgezogen.
Die Liebe hatte uns warm gehalten.
Aber ich war gegangen.
Die Liebe war zu groß für mich gewesen.
Ich hatte sie nicht ertragen.
Und jetzt saß ich hier und machte mich lächerlich.

Ich notierte. Ich schrieb und schrieb, dass die beiden ganz erstaunt waren. Sie überlegten wohl, ob sie so viel gesagt hatten.

Plötzlich stand Jostein Myra von seinem Stuhl auf.
Wollte er gehen?
Wollten sie weggehen?
Sollte ich hier mit all diesen Worten allein zurückbleiben?

14

Sie wollten gehen. Sie waren schon unterwegs. Hinaus in ihren Abend wollten sie.
Denn es war ihr Abend.
Die Vögel würden für sie singen.
Der Kies würde unter ihren Füßen knirschen.
Sie waren nur bei einem Jungen, den sie kannten, zu einem Interview gewesen. Bei einem Jungen, der meinte, die Schlacht von Stiklestad wäre für ihn viel zu unbedeutend. Einem Jungen, der alles, was sie gesagt hatten, notiert und notiert hatte.
»Kannst du das denn für irgendwas brauchen?«, sagte Jostein Myra. Der Freund von Grete Eik. Dem Mädchen meines Lebens.
War sie nicht ganz bei Trost?
Begriff sie nicht, womit sie sich da abgab? Begriff sie nicht, dass sie beide nicht zusammenpassten?

Dass es in dieser meiner ganzen gewaltigen Facharbeit nur um sie ging?
Hatte sie sich vorgestellt, dass das Leben in dieser Weise dahinfließen würde? Dass die Vögel singen und der Kies knirschen würde, während sie Hand in Hand mit Jostein Myra ging.
Sie wussten ja nicht einmal, ob sie einander heiraten würden, nein. Nein, das wussten sie wohl nicht. Es passierte so viel auf dieser Erde. Bäume stürzten um und der Blitz schlug ein und unter die Erde mussten wir zum Schluss sowieso alle.
Verdammt noch mal.
Sie standen fertig angezogen in meinem Zimmer. Sie hätten ebenso gut in meinem Herzen stehen können.
Mit Reißverschlüssen und Schuhen und allem.
So ein Gefühl hatte ich.

»Übrigens habe ich selbst auch noch einen Weg«, sagte ich.
»Wohin gehst du?«, fragte Grete Eik.
Es interessierte sie.
Wohin ich wollte.
Ich wollte draußen das Gleichgewicht in der Natur wieder herstellen.
Ich wollte . . .
»Nur einen Spaziergang auf den Friedhof«, sagte ich.

»Friedhof? Jetzt?«, sagte Jostein Myra.
»Ich gehe öfter dorthin. Es ist so ruhig und schön dort.«
»Dann kannst du ja zusammen mit uns gehen«, sagte er.
Was für ein Mensch.
Wo kam das eigentlich her, das ganze Zeug, das aus seinem Mund platschte?

Ich ging hinaus in den stinkenden Frühlingsabend.
Zusammen mit Jostein Myra und Grete Eik.
Es war lächerlich.
Es war grotesk.
Es war peinlich.
Aber niemand lachte. Niemand griff ein und warf Jostein Myra ins Meer. Alle Welt ließ ihn einfach so mit Grete Eik Hand in Hand gehen. Kein einziger Baum wollte umstürzen. Keine einzige Drossel wollte vom Himmel fallen. War das Leben wirklich so blödsinnig?
»Ihr passt zusammen«, sagte ich.
Sie grinsten.
»Ich glaube, ihr werdet heiraten und acht Kinder kriegen«, sagte ich.
Es half nichts. Sie ließen sich an den Händen trotzdem nicht los. Sie ließen sich nicht erschrecken. Sie waren dumm wie Quakfrösche. Alle beide.

»Warum gehst du auf den Friedhof?«, fragte Grete Eik.
Sie klang jetzt schon wie verheiratet. Als gingen sie und Jostein Myra durch ihr schönes Haus und freuten sich, dass ein alter Bekannter zu Besuch gekommen war.
»Jeder muss mal sterben«, sagte ich.
»Na ja . . .«, sagte Grete Eik.
»Denk mal an alle, die dort liegen«, sagte ich. »An alles, was so passiert ist. Freuden und Sorgen. Und dann wird es zum Schluss ganz still. Ich bin gern dort.«
»Du hast einen Haufen komische Einfälle«, sagte Jostein Myra.
Ich war ihr Hund.
Ein komischer kleiner Hund, den sie aufgelesen hatten. Und so konnten sie ein bisschen über dieses merkwürdige Leben lachen, ehe sie die Tür zwischen uns zumachten, und . . .

Ich fiel hin. Ich ging ganz außen am Straßenrand. Die Böschung war von oben bis unten voll Steinchen. Jetzt falle ich, dachte ich. Ich kann ebenso gut gleich hier runterfallen.
Und da fiel ich.
Die Steine prasselten gegen meinen Körper.
Sie versuchten den gewaltigen Schmerz tief in mei-

nem Dunkel zu zerschlagen. Aber es tat nicht besonders weh. Es kitzelte.
Ich rollte bergab.
Rollte und rollte ganz herrlich durch das Geröll. Meterweit.
Ich dachte, ich würde zu Hause auf dem Küchenfußboden aufwachen. Dass meine Mutter kommen und mich aufheben würde. Sie würde kein Magengeschwür haben. Sie würde lächeln. Und mein Vater würde Wundpflaster holen.
»Mach dir doch nichts aus Jostein Myra«, würden sie sagen. »Wenn er dein Geschenk nicht haben will, soll er es eben lassen. Du bist erst vier Jahre alt. Du hast noch viele Geburtstage vor dir. Jetzt fangen wir das Leben wieder ganz von vorn an. Dann wird alles wieder gut.«
Oder Grete Eik.
Dass sie endlich auf mich zukommen würde.
Dass sie endlich begreifen würde. Dass sie mich bei der Hand nehmen und Jostein Myra auffordern würde hinzugehen, wo der Pfeffer wächst.
Ja. Ja. Ja.

Aber wer kam wirklich?
Genau.
Ein Kerl, der mich nicht zu seiner Geburtstagsfeier hereinließ.

Ein Kerl, der mir die Badehose runterzog.
Ein Kerl, der die Mädchen mit Rotz erschreckte.
So ein Kerl kam daher.
Jostein Myra war sein Name.
»Ist was nicht in Ordnung?«, fragte er.
»Ich bin wohl bewusstlos geworden«, sagte ich.
»Du hast dich ja gradezu runtergestürzt«, sagte er.
»Ich glaube, mit meinem Gehirn stimmt was nicht«, sagte ich.
»Gehirn?«
»Ja, plötzlich ist es dunkel geworden.«
»Es ist ja dunkel.«
Ja, es war dunkel. Eine Straßenlaterne stand oben an der Straße und warf eine Hand voll Licht auf uns. Zusammen mit dem Blick von Grete Eik.
»Hast du dir wehgetan?«, fragte Jostein Myra.
»I wo.«
»Du blutest ja.«
»Blute ich?«
»Da, auf der Wange. Du musst nach Hause gehen und dir das genauer ansehen.«
»Ist nicht so schlimm.«
»Soll ich dir aufhelfen?«
»I wo.«
Ich stand auf. Ich blutete. Sah sie mein Blut?
Ja. Sie sah es.
Und im Bruchteil eines Augenblicks, unter dieser

einsamen Straßenlaterne, erkannte ich sie wieder. Grete Eik.

Sie stahl sich in meinen Blick hinein. Sie sah mich. Sie sah, was geschehen war. Dass die Welt absolut schief hing.

Ich war mir ganz sicher.

Denn danach gingen sie nicht mehr Hand in Hand.

Wir gingen jeder für sich. Alle drei.

Ich ging mit meinem Blut zu den Toten. Ich hatte Angst. Da war zwischen den Grabsteinen gleichsam etwas, das einen Sog auf mich ausübte. Aber ich ging trotzdem hinein. Und die beiden gingen weiter mit einem ganzen Meter Luft zwischen sich.

Die Tränen flossen.

Die Vögel rückten enger zusammen.

Die Straßenlaternen standen einsam am Weg und warteten darauf, dass die Liebe vorbeikommen würde.

15

Die Liebe. Ich wagte es nicht, auf dem dunkelsten Weg heimzugehen. Ich folgte den Laternenpfählen ein Stück in Richtung Zentrum. Sie standen dort und hielten ihr Licht fest. Der Rachen des Himmels war groß und dunkel und ohne Ende. Ich begegnete Menschen, die ich nicht kannte. Keiner von ihnen hatte die Liebe bei sich. Sie waren unterwegs zu ihren Studentenbuden. Zum Bethaus. Heim. Fort. Sie waren auf dem falschen Weg. Alle zusammen. Ich sah es ihnen an. Aber es war ihnen egal. Sie hörten die Stille des Friedhofs nicht.

Ich hörte, wie Haustüren geöffnet und geschlossen wurden. Autos im Kies. Immer neue Schritte. Füße auf dem Weg.

Ich kam zu den Läden. Dort wurde nicht mit Licht gespart. Sie hatten so viel herzuzeigen. Uhren. Orangen. Schraubenzieher. Goldringe. Waschpulver.

Es war ein gutes Licht zum Hineinschauen. Alle diese Dinge, die jetzt auf der Erde gebraucht wurden. Alles, was wir uns anschaffen konnten. Diese neuen Hosen und Schuhe. Schminke. Parfüm. Hautcreme. Zahncreme. Damit wir eines Tages ebenso glücklich sein würden wie die Menschen auf den Plakaten.

Diese strahlenden Menschen, die mit all dem Neuen an sich fotografiert worden waren.

»Herrje«, sagte es neben mir. »Hast du dich geprügelt?«

Es war Gunnar. Gunnar, der tagtäglich in der Bank hinter mir saß. Gunnar, der das Fußballspielen nicht aufgegeben hatte. Er stand neben mir und schlenkerte mit seiner Sporttasche.

»Das Leben ist hart«, sagte ich. »Von Zeit zu Zeit kriegt man eins ab.«

»Herrje. Was hast du denn vor?«

»Schaue ins Licht.«

»Dufte Hosen.«

»Und Gunvor, was ist mit der?«

»Ist nicht viel draus geworden.«

»Versuch's mit solch neuer Hose.«

»Muss heim. Seh dich morgen.«

Er ging. Er hatte die Liebe nicht gefunden. Er auch nicht. Ich dachte an Gunvor. Gunvor und ich waren

einmal zusammen im Wald gewesen. Wir hatten uns fast ganz nackt ausgezogen. Es hatte nichts mit Liebe zu tun gehabt. Es waren nur gierige Lüste und gierige Hände. Gunvors verwegene, gierige Hände. Ihr wilder, zitternder Körper. Mir war es nie so gut gegangen.
Wenn ich Gunvor begegne, werde ich ihr sagen, dass ich sie liebe, dachte ich. Ich werde es herausschleudern, dass das Schaufenster zerbricht. Dann werden wir ins Licht hineingehen. Hinein, und an einen der heißen Strände auf den Bildern da drinnen. Dachte ich. Wild und verrückt. Stöhnend und zitternd in all den Werbeplakaten.
Dann wird Grete Eik vorbeikommen. Eines Abends wird sie vorbeikommen und sich alle die schicken Hosen ansehen und das große Plakat mit dem Sandstrand.
Und dort . . .

16

Ich lag im Frühlingsabend und gab mich mit meinem Körper ab. Drückte und zog. Der Körper war voll fremder Lust und mir spritzte zäher, grauweißer Schleim auf den Bauch.

Ich hatte ein paar blaue Flecke auf Schenkel und Arm. Es tat ein bisschen weh. Ich war wohl vom Weg abgekommen. Ich hatte wohl geglaubt, die Welt würde bald wieder von selbst in Ordnung kommen. Aber jetzt lag ich hier.
Ein fremder Körper im Abend.
Neben mir lag die Fallstudie.
DIE LIEBE IST EIN FILMTRICK stand auf der Vorderseite.
Es gab nicht viel, worüber ich schreiben konnte. Ich hatte nur diese dummen Tränen, die wegflossen.
Die Stimmen meiner Mutter und meines Vaters

lärmten irgendwo im Haus. Sie fanden wohl nicht die rechten Worte. Sie auch nicht. Sie standen Morgen für Morgen auf. Was war der Witz? Worüber lachten sie jetzt? Wie konnten sie einander zum Lachen bringen?

Ich stand auf und öffnete mein Schreibheft. Es standen schon ein paar Worte drin. Ich blätterte schnell daran vorbei. Er paar widerliche, verkorkste Worte, die zweien aus dem Mund gefallen waren. Zweien, die glaubten, die Liebe gehöre ihnen.

»*Es ist heute nicht leicht, jung zu sein*«, schrieb ich. Phantastisch. Ich wusste, das wird eine gewaltige Facharbeit.

»*Viele glauben, dass es die Liebe gibt. Sie sollten begreifen, dass das ein Filmtrick ist. Durch viele Interviews mit jungen Leuten habe ich . . .*«

War es nicht so, dass ich mindestens zwanzig Seiten schreiben sollte?

Zwanzig Seiten! Interviews mit vielen jungen Leuten! Mir war ganz schlecht. Ich sah meine dummen Wörter direkt vor mir. Ich hätte am liebsten drauf gespuckt. Aber da gab es etwas, das mir eingefallen war, als ich Gunnar traf. Etwas über diese ganze Werbung. Alle diese hell erleuchteten Schaufenster. Plakate von Sandstrand und Glück. Diese neuen Hosen. Das alles zusammen musste einer sich anschaffen, um die Liebe zu erleben, von der alle

wussten, wie sie war. Wie die Liebe im Film war. Diese glücklichen Menschen auf den Plakaten waren ja Schauspieler. Filmstars.
Wenn jemand genug Geld hatte, konnte er in alle Geschäfte gehen. Erst in eins, um sich die Pickel wegmachen zu lassen. Dann in eins für schöne Frisuren. Dann zum Goldschmied. Zum Uhrmacher. In die Boutique. Ins Schuhgeschäft. Und dann konnte der Film anfangen.
Wenn das ganze Outfit an seinem Platz war.
Alle langweiligen Stunden würden weggeschnitten werden. Vor allem, was dumm war, würde die Kamera die Augen schließen. Nur die richtigen Augenblicke kamen ins Bild. Und dann . . .
Werbung!, dachte ich.
Ich würde meine Facharbeit mit Werbung füllen. Mindestens zehn Seiten mit Leuten auf Werbeplakaten. Die Illustrierten waren ja voll damit. Dann hatte ich nur noch zirka zehn Seiten zu schreiben.
Ich ging ins Wohnzimmer. Auf dem Tisch lag eine Illustrierte. Meine Mutter und mein Vater saßen da und guckten sich ihr Fernsehen an. Sie lächelten mich an. Sie sahen sich bestimmt einen traurigen Film an und waren froh, dass es bei uns jedenfalls nicht sooo traurig war.
»Bist du beim Aufgabenmachen?«, fragte meine Mutter.

»Ja«, sagte ich.

Ich schnitt aus und klebte ein. Ich hatte gehört, dass in der Werbung die besten Psychologen arbeiten. Dass sie wussten, wonach sich die Menschen sehnen, und so gaben sie den Produzenten entsprechend gute Ratschläge. Wo hatte ich das nur gehört? Es fiel mir nicht ein. Ich schrieb es nieder. »*Die besten Psychologen arbeiten in der Werbung*«, schrieb ich. »*Sie wissen, wie sie uns zum Kaufen verführen können. Man sehe sich nur die Werbung für diese Hautcreme an. Sie macht nicht nur die Haut glatt. Das Plakat sagt aus, dass der Himmel blau wird und das Gesicht vor Freude strahlt. Man beachte, dass es auf Sonnencreme-Plakaten nie Stechmücken, Staub oder Nesselquallen gibt. Hingegen steht ein wunderbarer Mann mit einem Segelboot im Hintergrund. – Wer die Zähne mit dieser Zahncreme putzt, bekommt weiße Zähne. Dem Bild nach zu urteilen, wird der hier Abgebildete außerdem zu einer Party eingeladen. Dort begegnet er Grete Eik. Arne Bu ist zu dieser Party nicht eingeladen. Er wusste nichts von dieser Zahncreme!!!!*«

Mist. Das war ja alles nur leeres Geschwafel. Würde ich es schaffen, zehn Seiten über mein Thema zu schreiben? Gab es überhaupt noch etwas zu schreiben?

In null Komma nix stand ich mit einer Zahnbürste in der Hand vor dem Spiegel. Was ich sah, war ein Junge mit einem traurigen Gesicht. Ein Junge, der ins Leben hinausgestolpert war und der sich jetzt die Zähne putzen wollte.

Ich kannte ihn nicht. Ein paar Tränen liefen ihm über die Wangen. Es sah aus, als hätte er aufgegeben. Er hatte begriffen, dass überhaupt alles unmöglich war. Dass die Werbung dazu da war, die unmöglichen Träume am Leben zu erhalten. Dass die Liebe immer verschwand, wenn einer ein Auge darauf geworfen hatte.

Und jetzt wollte dieser Kerl sich die Zähne putzen. Zähne, die eigentlich viel zu kurz waren. Konnten die nicht einfach in Frieden vor sich hin faulen?

Ich fühlte die Zahnbürste im Mund. Den Geschmack von Pfefferminz. Ich richtete mich auf. Da stand er. Weißer Schaum lief ihm über die Lippen hinunter aufs Kinn.

Er musste lächeln. Und gleich darauf fing er zu lachen an.

17

Diese Nächte. Sie waren zu grotesk mit ihrer Dunkelheit und ihren Schwindel erregenden Sternen. Diese Nächte hielten Grete Eik und Jostein Myra vor mir verborgen.

Ich ging ins Freie. Ging die Gehsteige entlang bis hinunter zu den Wurstbuden.

Die beiden waren nicht dort.

Sie waren auch nicht im Café.

Es gab nichts als Gebrüll und Wurstessen.

Eine gewaltige Angst hatte die jungen Leute hinunter ins Licht gejagt. In Trauben standen sie herum und verschmierten Ketschup und ließen ihre Motoren aufheulen. Sie saßen im Café herum und ritzten ihre Namen in die Tischplatten. Sie brüllten rum. Als wäre es wichtig, das Schweigen des Friedhofs zu übertönen. Als wäre es wichtig, die Stille nie und nimmer einzulassen.

Denn in der Stille, tief unten am Grund all dessen, gab es keine Straßenlaternen und keine in Brot verpackten Würstchen.
Was gab es dort denn wirklich?

Ich hasste diese Dunkelheit zwischen den Straßenlaternen. Den blöden Mond, der da oben im Ungewissen hing und schien.
Wohin waren sie verschwunden?
Ich hatte sie doch interviewt.
Sie wollten sich doch nicht isolieren.

Ich hatte Angst vor diesen Jugendlichen.
Jugendliche.
Ich sollte doch irgendwie einer von ihnen sein. Und musste mich zusammennehmen und so werden wie alle andern. Es hatte keinen Sinn, so zu leben, wie ich es angefangen hatte.
Mich im herrlichsten Lenz meiner Jugend in meine Erinnerungen zu vergraben. Hoho. Mich mit dem Rätsel der Liebe einzumauern, noch ehe ich mein erstes Moped bekommen hatte.
»Da kommt ja Arne«, sagten sie.
»Arne, der eine Facharbeit über die Liebe schreiben will. Na so was!«
Sie brüllten. Sie ließen ihre Motoren aufheulen. Sie töteten ihre Zigarettenglut ab und ihre Erfri-

schungsgetränke-Flaschen klirrten gegen die Rathauswand.
»Die Liebe gibt es nicht«, sagte ich.
»Donnerwetter. Ist das wahr?«, sagten sie.
»Das ist alles nur Werbung. Alles nur Filmtricks.«
»Da hörst du's, Gunvor.«
Ja, Gunvor war auch dabei. Sie stand am Rand des Laternenscheins und hatte irgendeinen Arm um die Hüften.
Ich kannte den Typ nicht, der sie umschlungen hielt. Und es war bestimmt nicht die Liebe.
Sie sah mich an.
Sie lächelte, als ich sagte, die Liebe gebe es nicht. Dass sie nichts anderes sei als ein Gerücht.
Ich hörte, wie meine Stimme losraste. Sie dröhnte in meinen Ohren. Sie waren allesamt unheimlich leicht zu unterhalten. Sie hatten riesige Angst vor der Stille. Man brauchte nur das Maul aufzureißen und schon lachten sie.
Verdammte Nacht!
Was hast du aus Grete Eik und Jostein Myra gemacht?, heulte es in meinem Inneren.
Warum stehen die beiden nicht hier wie ganz normale Leute?
Warum stehen die nicht hier und essen Wurst und kleckern mit Ketschup rum?
Ich sah sie vor mir. Weit, weit entfernt von diesem

ganzen Quatsch. Sie waren dem Mond näher. An einem stillen Ort, wo einer den Atem des andern hören konnte.
Ich wagte mich nicht mehr auf den Friedhof.
Ich hielt das Dunkel und die Stille dort nicht aus.
Auch ich nicht. Das erschreckte mich.
Dass alles tatsächlich zu Ende gehen würde.
Und als Gunvor sich von diesem Arm freimachte, um zu gehen, ging ich ihr nach.
Ich war erfüllt von Gebrüll. Nicht dass ich sie liebte.
Nein. Es gab die Liebe nicht mehr.
Es brüllte danach, sie festhalten zu dürfen. Ihre kleinen, trockenen, kühlen Hände das berühren zu spüren, was ich war.
Gunvor war im Hinfassen so gut.
Ich wusste es.
Sie war schon früher zärtlich mit mir gewesen.
Wenn sie sich nur nicht einfallen lässt mich zu lieben, dachte ich.
Wenn sie nur nicht glaubt, es sei die Liebe, die zurückgekommen ist. Wenn sie nur nicht Nein sagt.
Ich ging ihr nach. Nur ein paar Meter hinter ihr. Im Sog des Seifenduftes und der leichten Schritte.
»Willst du heim?«, fragte ich.
»Ja.«
»Dann warte ein bisschen.«

Sie ging langsamer. Wir gingen zusammen. Wir wussten es. Alle beide. Und bald standen wir in der Nacht, die Hände überall aneinander. Bald würden wir es gut können. Wir würden seufzen und stöhnen. Wir würden ein wenig zubeißen. Wir würden die Kälte der Nacht vergessen und die Schule und die Jugendlichen und den ganzen Quatsch. Wir würden uns hineinreißen lassen in die Lüste der Körper. Uns aneinander festsaugen. Gegen eine Wand oder einen Telefonmast drängen.
Stoßen und schwitzen. Gunvor würde stöhnen. Und danach würde ich Scham empfinden. So war das. Danach mussten die Kleider in Ordnung gebracht werden. Danach musste ich ein paar Worte sagen. Wir mussten nach Hause gehen. Weil es nicht Liebe war. Weil es nur gierige Lüste waren. Der große Drang.
Scham.
Denn es sollte ja doch ein wenig Liebe dabei sein.
Oder etwa nicht?
Denn es gab doch die Liebe?

»Komm«, sagte Gunvor. »Wir können hier reingehen.«
Es war der Zwischenzaun zwischen zwei Häusern. Da war es dunkel. Da war Gestrüpp. Sie war be-

stimmt schon früher hier gewesen. So klein und fein, wie sie war.
Wir gingen ganz eng. Wir traten in knirschende Scherben und dann in Glas, das zersplitterte. Wir schwiegen. Wir ließen die Stille in uns ein. Ließen sie direkt auf uns zukommen. Sie war nicht gefährlich. Überhaupt nicht gefährlich, diese feine kleine Stille hier.
Wir schickten die Hände in die Nacht hinaus. Schickten sie aus nach Reißverschlüssen und Knöpfen. Aus nach dem Guten.
Mund auf Mund. Aufrecht und lebenshungrig. Wie feucht und gut sie war.
Wie einzigartig und fest sie mich umfasste.
Noch hatte die Scham uns nicht entdeckt.
Noch waren wir hier allein und jagten und jagten einander das Gute in unseren Körpern aus und ein.

»Hast du einen Freund?«, fragte ich sie danach.
Die Scham schwänzelte zwischen unseren Beinen hin und her. Ein kleine, jämmerliche Schamhaftigkeit. Einfach zum Lachen.
»Ich bin mit einem ein bisschen zusammen.«
»Der von vorhin?«
»Ja.«
»Ist wohl ein rechter Blödmann?«
»Er ist nicht wie du.«

»Wie ich?«
»Ja.«
»Ich bin doch ein Blödmann.«
»Das bist du nicht.«
»Bin ich doch. Du kennst mich nicht gut genug.«
»Und du?«
»Was denn?«
»Bist du mit keiner zusammen?«
»Nein.«
»Grete hat vorhin nach dir gefragt.«
»Grete?«
»Sie war, kurz ehe du kamst, da unten.«
»Grete Eik?«
»Ja. Mit der du gegangen bist.«
»Sie und Jostein?«
»Nein. Sie war allein.«
»Ja?«
»Was?«
»Hat sie was gesagt?«
»Sie hat nur gefragt, ob wir dich gesehen haben. Sie hat ziemlich verzweifelt ausgesehen.«
»Wieso verzweifelt?«
»Na ja, ich weiß nicht.«
»Du.«
»Ja?«
»Nein, es war nichts.«
»Doch. Sag's nur. Bitte.«

»Gute Nacht, Gunvor.«
»Gute Nacht, Arne.«

Ich hob den Kopf. Ich sah nach dem Mond. Dort war er. Er schien.

18

So waren die Nächte. Sie konnten alles auf den Kopf stellen. Ich war also kein Blödmann. Gunvor fand, ich war anders als der von vorhin. Ich glaubte ihr. Ich fühlte genau, dass es stimmte. Denn ich war mit Mond und Sternen verwandt. Wir waren eine riesige Familie.
Arne Bu.
Und die Sterne. Und der Mond.
Und . . .?
Ding-dong.
Ich lächelte in den Himmel hinauf.
Legte die Wange an die kühle Nacht und ließ die Tränen fließen.

Was war nur geschehen? Waren ihr endlich die

Augen aufgegangen? Hatte die Nacht Jostein Myra schließlich doch in das Leben zurückgespuckt, in das er gehörte?
Tränen. Tränen. Ich schwappte über vor Hoffnung. Würde die Welt sich endlich aufrichten und wieder so werden, dass man auf ihr leben konnte?
Ich hätte den Weg gehen können, der um den Friedhof herumführte.
Vorbei an dem Haus, in dem sie wohnte. Ans Fenster klopfen und ...
Aber ich konnte mich nicht dazu entschließen. Ich bekam Lust kehrtzumachen und zu Gunvor zurückzugehen. Unter ihre Bettdecke zu schlüpfen, damit dieses Zittern sich beruhigen könnte. Ja. Hinein zu Gunvor. Wo alles so unkompliziert war und das Leben sich ohne Faxen und dummes Herumreden ausleben konnte.
Ich ging nach Hause.
Meine Mutter las in den Überbleibseln einer Illustrierten. Sie sah müde aus. Sie sah aus, als hätte sie sämtliche Illustrierte gelesen und es stünde auch in dieser hier nichts Neues.
»Du kommst spät«, sagte sie.
»Bin mit jemand ins Reden gekommen.«
»Du hast die neue Zeitschrift zerschnitten.«
»Bist du in meinem Zimmer gewesen?«
»Dort lag sie ja.«

»Hast du in meinem Arbeitsheft geschnüffelt?«
»Arbeitsheft?«

Sie legte die Illustrierte auf den Tisch und ging in die Küche. Sie wollte, dass ich etwas esse. Sie fand, ich esse zu wenig. In der Illustrierten stand, dass Vollkornbrot wichtig fürs Gehirn ist.
Ich hörte meinen Vater im Keller. Er nagelte. Ich biss etwas vom ersten Brot ab. Meine Mutter saß auf der anderen Seite des Tisches und sah mich an.
»Was ist los?«, fragte ich.
»Nichts«, sagte sie. »Ich sehe dich nur ein bisschen an.«
»Glaubst du an die Liebe?«, sagte ich.
»Was?«
»Ob du glaubst, dass es die Liebe gibt.«
»Aber Arne. Klar gibt es die Liebe.«
»Und wie?«
Sie sah mich immer noch an. Aber dann drehte sie das Gesicht dem Fenster zu. Hinaus in die Nacht. Hielt sie Ausschau nach der Liebe?
Es sah ganz danach aus. Sie lächelte.
»In unseren Herzen«, sagte sie. »Dort ist die Liebe.«
»Und was ist dann der Witz mit dieser ganzen Reklame? Wenn die Liebe in unseren Herzen ist.«
»Reklame?«
»Dass alle so schön sein müssen und so.«

»Das hat doch nichts mit der Liebe zu tun.«

Im Keller war es still geworden. Hatte er gehört, worüber wir sprachen? Plötzlich stand er mit dem Hammer in der Hand in der Tür. Mein Vater. Er schaute uns an. Als ob er drauf wartete, dass er hereinkommen darf.
»Hallo«, sagte ich.
»Guten Abend, ja. Du bist wieder da?«
»Wir sprechen über die Liebe«, sagte meine Mutter.
»Richtig«, sagte mein Vater.
Er kam herein und schnitt sich ein Stück Brot ab. Dann ging er wieder hinunter zu seinen Nägeln.
»Die Liebe ist etwas, wovon wir träumen«, sagte meine Mutter und schaute wieder hinaus in die Nacht.
»Ich geh ins Bett«, sagte ich.
»Aber nicht alles, was so aussieht, ist Liebe«, sagte sie. »Vergiss das nicht, Arne. Was am meisten von sich hermacht, hat oft am meisten zu verbergen.«

In meinem Zimmer lag das Arbeitsheft und alle Ausschnitte.
»Ich habe viele Mütter über die Liebe interviewt«, schrieb ich.
»Die meisten sagen, die Liebe sei nur ein Traum.«
Mehr fiel mir nicht ein. Ich strich es durch.

Ich machte mich fertig, um unter die Decke zu kriechen. Irgendwo in dieser selben Nacht war Grete Eik. In derselben Nacht wie ich. Das wusste ich . Aber was tat sie jetzt? Was sie wohl gewollt hatte?

19

Die Vögel mühten sich mit Lehm und Halmen ab. Sie strotzten vor Eiern. Sie kämpften verzweifelt um das neue Leben.

Ich ging mit einem rosa Brief in der Gesäßtasche durch den Wald. Die Sonne schien in großen Flecken durch die Bäume. Die Gerüche von Harz, warmer Rinde und jungen Trieben umspielten meine Nase. Ich wollte zum Fluss gehen. Ich wollte allein sein.

Ich war schon viele Male durch diesen Wald gelaufen. Unterwegs zum Fluss, um zu baden. Zum Gewässer, um Schlittschuh zu laufen. Hinauf in die Bäume, um Eier zu stehlen. Sogar Vogeljunge hatte ich hier geraubt. Kleine, piepsende Wesen, die ich nach Hause trug, um sie zu zähmen. Ich hatte Brotkrümel und Räupchen in ihre Schnäbel gestopft. Sie

aus dem warmen Wald in unsern kalten Keller getragen.
Sie waren gestorben. Alle waren sie gestorben. Keiner war groß genug geworden, um mir auf die Schulter zu fliegen.
Das war mein Traum gewesen. Arne Bu wanderte mit einer Singdrossel auf der Schulter herum.
Oh nein. Sie waren tot. Mehr hatten sie nicht geschafft.
Jetzt kam ich mit einem rosa Brief in der Gesäßtasche wieder hierher. Die Vögel schrien mir entgegen. Vielleicht hatten sie sich gegenseitig erzählt, was für ein Kerl ich bin.
Dieser Kerl, der glaubt eine Facharbeit über die Liebe schreiben zu können. Dieser Kerl, der unsre Jungen aus dem Nest geholt hat. Dieser Kerl, der da unten auf dem Weg mit einem rosa Brief in der Gesäßtasche herumläuft.
Ich hätte ein fröhlicher Junge sein müssen, wie ich so daherkam. Aber ich war nicht fröhlich.
Ich hatte Angst.
Ich hatte den Brief in der Schule bekommen.
Ich war wirr vor Hoffnung in die Schule gekommen. Grete Eik war am Abend draußen gewesen und hatte nach mir gefragt. Sie war allein gewesen. Sie war verzweifelt gewesen.
Aber Grete Eik war im neuen Tageslicht nicht zu

sehen. Das ganze Licht hätten sie sich sparen können, dachte ich. Grete Eik war ja nicht da. Jostein Myra war da. Draußen im Licht und auch drinnen im Klassenzimmer.
Dann kam der Brief. Ein Mädchen aus der Klasse tippte mir auf die Schulter. In ihrer Hand war ein rosa Brief, der den ganzen Schulhof mit einem rosa Schimmer erfüllte. Ich ging auf die Seite. Mein Name stand vorne drauf. Der Umschlag war zugeklebt. Darin steckte ein rosa Briefbogen mit einer blauen Schrift.

Arne!
Könntest du ein bisschen mit mir reden? Mir geht es ganz schlecht. Können wir uns treffen? Ich bin heute Abend um acht auf dem Friedhof.
Grete

Mit diesen Worten in der Gesäßtasche kam ich zum Fluss.
Dort setzte ich mich auf einen Stein. Der Sonnenschein floss hinunter zum See und zum Meer und hinaus in die weite Welt.
Ich saß nicht gut. Ich stand auf und legte mich ins Gras. Da wurde ich nass. Ich stand wieder auf und warf ein paar Steinchen ins Wasser.
Was hatte ich getan? Was war mir eigentlich ein-

gefallen? Was hatte ich hier an diesem Fluss zu tun?
Konnte mein Interview etwas kaputtgemacht haben? Konnte das wirklich wahr sein?
War das Leben so leicht hinters Licht zu führen?
Würde ich es aushalten, wenn das stimmte?
Was würde passieren?
Was konnte sie wollen?
Was wollte ich selbst?
Von nirgendwo kam eine Antwort. Der Fluss floss und floss.
Eine Motorsäge lärmte im Wald. Die Antworten wuchsen nicht auf Bäumen. Die Antworten kamen aus den Mündern der Menschen.
Dumme Fragen und unberechenbare Antworten.
Was machte mir nur solche Angst? Warum schrie mein Herz nicht vor Glück?
Der alte Winter war im Wald zerschmolzen.
Es war überall nass. Trotzdem sah ich Fußspuren auf den Wegen.
Grete Eik und ich waren hier spazieren gegangen.
Wir hatten über die Zukunft geredet. Es war eine schöne Zukunft gewesen.
Alles war schön gewesen.
Dann war ich gegangen.
Dann kam der Frühling.
Ein rosa Brief. Ich nahm ihn heraus. Es stand nichts

anderes darin als vorher. Es waren dieselben Worte.
Hier stand ich. Wer war ich? Ich wusste es nicht. Ich ging nach Hause.

20

Meine Mutter war nicht da. Sie wollte sich einen Film ansehen. Mein Vater saß hinter der Zeitung auf seinem Platz. Es war sieben Uhr vorbei.
Dunkle Wolken waren gekommen. Sie zogen im kräftigen Wind übers Haus.
»Was?«, sagte mein Vater.
Er legte die Zeitung in den Schoß.
»Hast du was gesagt?«, fragte er.
»Nein«, sagte ich.
»Dann hab ich mir's eingebildet«, sagte er. »Du bist ja nicht so gesprächig. Ist auch egal.«
»Ja«, sagte ich.
»Was machst du eigentlich so?«
»Nichts.«
»Nicht mal das. Du überanstrengst dich also nicht.«
»Ich gehe noch mal weg.«
»Gehst noch mal weg, ja. Ist dort draußen was los?«

»Nichts Besonderes.«
»Aber du willst trotzdem raus.«
»Ja.«
»Du bist nicht bei der Blasmusik.«
»Das weißt du doch.«
»Und deine Fußballschuhe. Die verschleißt du auch nicht.«
»Fußball interessiert mich nicht.«
»Interessiert dich überhaupt was?«
»Ich muss jetzt gehen.«
»Komm nicht so spät.«
»Ja.«
»Dann grüß mal schön.«
»Tschüs.«

Nein. Ich war nicht bei der Blasmusik. Ich machte so wenig Lärm wie möglich. Ich hatte mich gründlich gewaschen. Ich ging mit dem Wind auf den Friedhof.
Der Wind. Der Wind. Er strich mir über die Wangen. Er strich mir durchs Haar. Er hatte alle Menschen weggeblasen. Alle Vögel. Der Weg zum Friedhof war wie rein gefegt. Die Lichtmaste standen dort, wo sie hingehörten. Sie warfen ihr spärliches Licht ins Gestrüpp. Eine Fähre kam von draußen in den Wellen landeinwärts. Auch sie beladen mit Licht.

Mit mir war nicht viel los. Der Wind konnte mich jeden Augenblick mitnehmen. Wo war Jostein Myra? Ich wurde seine Augen nicht los. Er hatte mich in der Schule so angesehen. Nicht lange. Aber er hatte mich angesehen. Und dieser Blick verfolgte mich.
Irgendwo in meinem Inneren war die Hoffnung noch immer stark. Die Hoffnung, dass irgendetwas Schönes bald beginnen würde. Trotzdem war das Gefühl stärker, dass etwas vorbei war. Irgendetwas war im Verschwinden.
Der Wind und ich. Ich verließ die Straße und ging hinein zu den Grabsteinen. Dort war sie. Quicklebendig. Sie saß auf einer Mülltonne. Ich ging auf sie zu. Der Wind ging voraus. Er war schon angekommen und spielte ein bisschen mit ihrem Haar.
»Hallo«, sagte ich.
»Hallo«, sagte sie.
Sie kam von der Mülltonne herunter. Sie stand unmittelbar vor mir. Sie weinte.
Ich dachte, es ist gut, dass sie ein bisschen weinen kann. Dass ich nicht so viel zu fragen brauchte. Ich hatte auch nicht besonders viele Worte anzubieten. Ich hätte mit ihr zusammen losheulen können, mir war ganz danach. Aber es wurde nichts daraus. Ich blieb still stehen. Die Stille wuchs zwischen uns empor. Eine Stille, die ich von früher her gut zu

kennen glaubte. Die Stille zwischen Grete Eik und Arne Bu.
»Ich bin so dumm«, sagte sie plötzlich.
»Wieso das?«, sagte ich.
»Hast du deine Facharbeit fertig?«
»Wolltest du darüber mit mir reden?«
»Nein. Ich weiß nicht. Hast du heute mit Jostein gesprochen?«
»Nein.«
»Es ist aus.«
»Wolltest du deshalb . . .«
»Es ist nicht so gut gelaufen.«
»Also nicht.«
»Können wir nicht woanders hingehen?«
»Runter zu den Wurstbuden?«
»Nein. Einfach ein bisschen gehen.«
Der Wind erfasste ihr Parfüm und blies es in Wellen in meine Nase. Wir fingen zu gehen an. Wir gingen und gingen. Plötzlich standen wir am Fluss. Die ganze Sonne war weggeflossen. Das Wasser war dunkel.
»Ist was schief gegangen?«, fragte ich.
Denn ich wollte sie verstehen. Ich wollte, dass sie mir alles erzählt. Egal, wie schmerzlich es sein würde, ich wollte es auf jeden Fall hören. Denn es gehörte mit zu mir. Alles, was sie betraf, gehörte auch zu mir.

Dachte ich. Hoffte ich. Oh ich Armer.
»Wir passen nicht so gut zusammen«, sagte sie. »Das ist schon alles. Es hat keinen Sinn zusammenzubleiben, wenn man nicht zusammenpasst.«
»Nein«, sagte ich.
»Es ist alles so schwierig.«
»Ja.«
»Und du?«
»Was?«
»Läuft alles bestens?«
»Was denn?«
»Geht's dir gut?«
»Tja. Doch. Ja. Manchmal. So.«
»Möchtest du mich ein bisschen in den Arm nehmen?«
»Kann ich machen.«
»Du musst nicht, wenn du keine Lust hast.«
»Klar hab ich Lust.«

Ich nahm sie in den Arm. Irgendwo ganz in unserer Nähe war die Liebe hämmernd und pochend am Werk. Das dachte ich jedenfalls. Dass es die Liebe war, die mit ihrem Meißel an mir herumarbeitete. Wir hielten einander im Arm. Wir standen ganz nahe beim Fluss. Und hielten. Aber ich erkannte uns nicht ganz wieder. Seit dem letzten Mal war etwas geschehen.

Ja. Es war viel geschehen.
Ich begann an ihr herumzutasten. Ich fing an sie zu streicheln und nachzufühlen, ob sie wirklich hier stand. Ich dachte, ich würde sie plötzlich unter meinen Händen finden. So, wie ich sie früher gefunden hatte.
Ich fasste sie um die Hüften. Ich drückte sie an mich. Sie kam dichter heran. Sie hielt mich fester. Meine Hand kroch unter ihre Jacke. Ich wollte es eigentlich nicht. Ich dachte, sie wolle, dass ich es tat. Ich tat es. Da erstarrte sie.
»Nein«, sagte sie. »Tu's nicht. Ich will nicht.«
»Entschuldige«, sagte ich.
»Es kann nicht wieder so werden wie früher«, sagte sie.
»Nein«, sagte ich.
»Was passiert ist, ist passiert.«
»Ja. Soll ich jetzt gehen? Willst du, dass ich . . .«
»Arne?«
»Ja?«
»Warum hast du mich damals stehen lassen?«
»Nein, ich . . .«
»Du hattest genug von mir. Hattest du doch, oder?«
»Nein.«
»Doch, hattest du.«
»Ich war ganz durcheinander.«
»Durcheinander?«

»Ich . . . wusste nicht, was ich wollte.«
»Weißt du es denn jetzt?«
»Was denn?«
»Was du willst.«
»Wie meinst du das?«
Wir hatten einander losgelassen. Wir standen jeder für sich. Alle Worte waren umgekrempelt. Sie brachten die Stille durcheinander und machten alles trübe.
»Hast du viele Leute interviewt?«, fragte sie.
»Eigentlich nicht.«
»Und du glaubst, die Liebe gibt es nicht. Dass sie einfach nichts anderes ist als Liebe.«
»Ich weiß nicht. Ich . . .«
»Ich weiß es jetzt auch nicht mehr.«
»Es ist nicht so leicht, zu . . .«
»Nein. Es ist nicht leicht. Ich muss jetzt bald gehen.«
»Wohin willst du?«
»Heim.«
»Soll ich . . . dich begleiten?«
»Du brauchst nicht. Ich bin schon froh, dass du gekommen bist.«
»Ich habe mich über den Brief gefreut.«
»Hast du?«
»Ja. Dass du mit mir reden wolltest. Du brauchst nur zu kommen, wenn du ein andres Mal wieder mit mir reden willst.«

»Warum sagst du das?«
»Ich meine es so. Dass ich immer mit dir reden will.« Sie kam auf mich zu. Sie schmiegte sich an meinen Körper. Dann drehte sie den Kopf ein wenig und sah mich an. Ich sah sie auch an. Es war ganz unglaublich, was ich da sah. Es war Grete Eik. Ein paar Zentimeter vor meiner Nase war ihre Nase. Ihr Mund.
Ihr Atem.
Was war passiert?
»Warum muss alles so schwierig sein?«, sagte sie.
»Ich weiß nicht. Vielleicht war das Samenkorn zu klein.«
»Samenkorn? Was redest du für Unsinn? Ich meine das ganz ernst.«
»Die Worte sind nur so aus meinem Mund geflogen gekommen.«
Sie lachte. Jetzt lachte sie. Dieser wunderhübsche Klang. Dann küsste sie mich schnell auf die Wange.
»Begleitest du mich jetzt nach Hause?«
»Wenn du wirklich willst.«
»Dann komm.«
Wir gingen in Richtung des Hauses, in dem sie wohnte. Dann und wann fielen ein paar Worte aus unseren Mündern. Manchmal ein kleines Lachen. Aber der Wind blies alles wieder weg.
»Ich seh dich bald«, sagte sie.

»Ja«, sagte ich.
»Dann reden wir«, sagte sie.
»Ja«, sagte ich.

Sie ging. Ich ging auch.

21

War es wirklich so? Dass nichts mehr werden würde wie früher? Dass das, was getan war, getan war? Ihre Worte schwirrten durch meine Gedanken.
Es kann nicht wieder so werden wie früher.
Was sollte ich dann mit diesem Leben? Ich wollte nichts anderes. Nichts anderes, als alles so bleiben zu lassen wie früher.
Der erste Kuss im Winter. Das kalte Haus mit dem Loch im Dach. Und dann hätte ich nicht gehen sollen. Nie hätte ich gehen sollen. Aber ich war eben gegangen. Genauso war es. Ich hatte sie stehen lassen. Ich war gegangen. Das konnte nicht herausgeschnitten werden. Das konnte nicht zurückgespult werden.

Ich begegnete Gunvor. Wenn es nur Gunvor gewesen wäre, nach der ich mich sehnte. Wäre die Liebe

doch nur gekommen und hätte mich Gunvor in die Arme getrieben! Sie rief nach mir. Sie sah wohl, dass ich allein ging. Sie lächelte. Sie wusste nicht, dass ich ein Mistkerl war. Vielleicht sollte sie es doch erfahren?
»Hallo«, sagte ich. »Alles in Ordnung mit deinem Freund?«
»Er ist dermaßen dumm.«
»Die meisten sind ein bisschen dumm. Komm schon«, sagte ich.
Sie sah mich an. Sie sah, was ich meinte.
Am Wegrand stand eine ganze Reihe Garagen. An einer war die Tür offen.
»Ich weiß nicht«, sagte sie.
»Was denn?«
»Was willst du eigentlich?«
»Dasselbe wie damals.«
»Und morgen sagst du in der Schule nicht mal ›hallo‹ zu mir.«
»Klar sag ich das.«
»Ja, aber . . .«
»Was denn?«
»Ich weiß nicht.«
»Na, dann komm schon.«

Sie sah mich an. Sie schaute nach etwas aus, das nicht da war. Mein Körper schrie nach ihr. Die Lust, sie zu fühlen und von ihr gefühlt zu werden, war zu groß. Ich konnte nicht gehen. Ich wusste, dass ich das sollte. Dass ich etwas Nettes zu ihr sagen und meiner Wege gehen sollte.

»Na komm schon«, sagte ich.

Sie gab nach. Ich sah es ihr an. Sie wollte nicht, sie gab nur nach. Dann kam das Auto, das in die Garage gehörte. Es spritzte uns voll Licht und bremste schnell. Wir standen im Weg. Wir waren im Dunkeln unterwegs zu den Benzinkanistern und den Ölflecken ringsum.

Wir traten zur Seite.

»Mist«, sagte ich.

»Arne«, sagte Gunvor.

»Scheißauto«, sagte ich.

»Ich glaube, ich muss jetzt nach Hause.«

»Warum denn?«

»Ich friere.«

Es war das erste Mal, dass sie etwas anderes wollte. Das erste Mal, dass sie irgendetwas Eigenes äußerte. Sie fror. Sie verlangte, dass sie nach Hause gehen und sich wärmen dürfte. Ich konnte sie nicht wärmen. Ich war nicht geeignet. Mistkerle können niemanden wärmen. Ich hatte nicht die Kraft sie zu wärmen. Ich wollte sie nur ein bisschen haben und dann meiner Wege gehen. Ich ging neben ihr her. Ich wusste, ich könnte ihr einen Arm um die zarten

Schultern legen und sie wärmen. Sie fragen, ob wir zusammenhalten wollten. Sagen, dass wir feste Freunde sein könnten. Das hätte sie gewärmt. Das glaubte ich. Es würde so leicht sein, ihr das zu sagen. Die Worte lagen gleichsam in der Luft bereit. Sie waren nur herunterzuholen. Es war verlockend. Erleben zu dürfen, dass sie froh sein würde, dass ihr warm würde und dass sie mich gleich an ihren Körper heranlassen würde.
Aber es wäre nur Bluff. Ich wusste das. Irgendwo tief in meinem Inneren weinte ich.
Lass es so sein wie früher, Grete!, weinte es in mir. *Lass mich zu dir zurückkommen! Ich sehne mich so nach der Liebe!*
Gunvor stand im Gras und sah mich an. Sie stand da und wartete, ob ich die Worte, die über uns hingen, nicht doch herunterholen würde. Sie sah so allein aus. Ich musste mich von diesem Bild losreißen. Bevor ich mich ergab und alles noch schlimmer machte.
»Ich muss wohl nach Hause gehen«, sagte ich. »Habe noch einen Haufen Aufgaben und Zeug.«
Ich ging. Heim ins Bett und zu all dem, was dort irgendwo auf mich wartete.

22

Die Facharbeit. Es hatte keinen Sinn, sie einfach zu vergessen. Der Lehrer vergaß in der Klasse keinen Einzigen. Auch wenn ich mir unsichtbar vorkam, hatte er meinen Namen mitten auf der Liste.

Nur drei hatten noch nicht abgegeben.

Elin, die über Sonja Henie schreiben wollte.

Gunnar, der über die Olympischen Spiele schreiben wollte.

Und Arne Bu. Der Junge, der sich die Arbeit aufgehalst hatte, über die Liebe zu schreiben.

Er wollte herausfinden, ob es die Liebe gibt oder nicht. Arne Bu. Das war ich. Ich wusste die ganze Zeit von mir. Egal, wo ich mich befand, ich wurde mich selbst nicht los.

Unter der Leselampe zu Hause in meinem Zimmer lag das Arbeitsheft.

»*Ich habe viele Jugendliche interviewt*«, stand dort geschrieben.
»*In Interviews mit vielen Müttern*«, stand da.
Eigentlich sollte ich auch die ganz Alten interviewen. Ich war mir sicher, dass die Alten etwas wussten. Aber die Alten waren so weit weg.
Ich wagte es nicht, mit meinem Arbeitsheft in ein Altersheim zu gehen.

»*Die Liebe findet man oft in illustrierten Zeitschriften und in Filmen*«, schrieb ich. »*Dort sieht sie immer so schön aus. Niemand stolpert. Niemand kriegt dort Mückenstiche. Oder so etwas. Weiter gibt es die Liebe bei den Leuten oft im Kopf. Wie eine Art Traum oder wie großartig alles werden kann.*
Im wirklichen Leben sieht man die Liebe selten. Es wirkt irgendwie komisch, wenn zwei zum Beispiel in der Schule miteinander gehen. Niemand redet im gewöhnlichen Leben von der Liebe. Man sieht sie in der Werbung. Oder hat sie im Kopf. Wie ich schon weiter oben geschrieben habe. Wenn jemand sich traut seine Liebe zum Beispiel im Café zu zeigen, dann lachen viele darüber. Es ist viel mehr üblich, Flaschen zu zerschlagen und so. Niemand lacht über solche, die sich prügeln. Ich glaube, viele entdecken die Liebe zu spät. Sie wissen nicht, dass sie da ist, und gehen einfach weg. Durch die Werbung glauben die Leute, dass sie für die Liebe nicht schön genug sind.

Dass sie sich erst eine Menge besondere Sachen anschaffen müssen. Zum Beispiel Zahncreme, eine neue Uhr, eine neue Frisur, modische Kleider, Gesundheitsschuhe und schicke Autos. Hier folgen einige Beispiele von Werbung.«

Ich hatte mein Arbeitsheft weggelegt. Ich schrieb sofort ins Reine. Ich schrieb mit großer, blauer Schrift.
Über die Liebe zu schreiben, das machte mich plötzlich so froh. Ich fand irgendwie, dass ich alles wusste, ich war ein Experte. Vielleicht würden sie mich im Fernsehen interviewen.
ARNE BU. PROFESSOR FÜR DAS MYSTERIUM DER LIEBE.
Vielleicht würde meine Facharbeit über die Liebe in der Zeitung abgedruckt werden.
Wenn ich erst alle meine Werbebildchen eingeklebt hätte, würde mir bestimmt noch mehr einfallen, was ich schreiben konnte.

23

Aber draußen in der Welt ging Grete Eik umher. Schultag für Schultag kam sie gegangen. Ob Sonnenschein war oder Regen. Es tat weh, sie zu sehen. Wie sie immer jemanden fand, mit dem sie lachen konnte.
Wie sie mit dem einen oder andern Macho unter einem Schirm ging. Wie sie, mit einem Jungen ins Gespräch vertieft, aus dem Schultor kam. Mit wie vielen Jungen die nur redete.
Es kam auch vor, dass sie nicht kam. Das war das Schlimmste von allem. Wo doch das ganze Schulhaus da war.
Der Unterricht kam in Gang, aber Grete Eik war nicht da. Bei solchen Gelegenheiten fing ich an zu phantasieren. Da fing ich an in meinem Kopf ganze Filme zu machen. Grete Eik an einem Strand zusammen mit einem von den Machos.

Aber manchmal war sie auch allein. Manchmal fiel das Lachen aus und sie kam nur in Begleitung von sich selbst daher. Bei diesen Gelegenheiten erkannte ich sie wieder. Ich stand immer irgendwo, wo sie vorbeikam. So zufällig ich nur konnte, stand ich dort, wo sie ging.
Ich stand dort und sammelte ihre Blicke. Versuchte ein paar besonders schöne Blicke zurückzuschicken. Und alle diese Blicke von ihr schwammen in mir als Freude oder Schmerz herum. Meistens Letzteres. Meistens war es dieses Lachen von ihr, das sich in mich einritzte. Dass sie so viele hatte, zu denen sie gehen konnte. So viele Regenschirme, die sie drunter ließen.
Ich wusste nicht, wie ich sie vergessen könnte.
Ich wusste nur, dass nichts so werden würde wie früher. Das hatte sie gesagt. Es lag wie ein Stein in meinen Gedanken. Ein schwerer Stein, der alles verschloss.
Ich versuchte zurückzudenken. An die Zeit, als sie immer auf mich wartete. An damals, als wir so viel zusammen waren, dass ich sie satt bekam, so satt, dass ich ging. Das konnte mich für ein kleines Weilchen trösten. Aber es war etwas, das vorbei war.
Sie lag nicht mehr dort, wo ich sie verlassen hatte.
Sie lag dort nicht mit Tränen im Gesicht.
Sie ging durch die Welt und lachte.

24

Eines Abends saß ich bei Gunnar im Wohnzimmer. Er war allein zu Hause und gab eine Party. Die Musik dröhnte. Jungen und Mädchen tanzten und schrien. Jostein Myra war auch da. Er hatte noch nicht das Handtuch geworfen. Er glaubte an die Liebe und genoss das Leben.

Ein Mädchen riss mich vom Stuhl hoch und zog mich mit in ihren Tanz hinein. Sie hieß Bente. Bente. Sie riss mich aus meinen Gedanken und nahm mich mit hinaus ins Leben.

Es war ein herrliches Leben. Mein Körper war voller Töne. Trommeln und Gitarren und Gesang. Wir tanzten und tanzten. Und als der lange, ruhige Tanz kam, machte Bente die Runde von Lichtschalter zu Lichtschalter. Im Dunkeln kam sie zurück. Wir hielten uns aneinander fest. Ich war durch und durch verwirrt. Ich drückte sie an mich, so gut ich konnte.

Sie schob mich nicht weg. Sie kam noch näher und schlang die Arme um mich. Ich fühlte ihren Atem näher kommen, heißen Atem. Ein Geruch von Erde kam aus ihrem Mund. Unsere Lippen näherten sich einander und wir saugten uns fest. Wie wunderbar war sie doch. Wie schön war es, so in der Musik zu stehen und sich kaum zu bewegen. Dann sprang das Dunkel davon. Jemand riss es uns weg. Und an einer Wand, die Hand auf dem Lichtschalter, stand Grete Eik.

Ihre Blicke flossen auf mich und Bente zu.

Wir waren nicht die Einzigen, die tanzten. Aber nur uns sah Grete Eik an. Sie hatte Angst.

Oder was war es? Sie sah verwirrt aus. Ja. Das gefiel mir. Jetzt sollte sie nur sehen. Jetzt ging ich auf die Welt los. Ich auch. Ich stand nicht wie angewurzelt auf dem Schulhof, damit sie an mir vorbeigehen konnte, wann immer sie wollte.

»Schalt ab, Grete!«, rief jemand.

Und Grete schaltete ab. Sie schubste das Licht aus dem Raum hinaus. Gleich darauf hörte ich, wie die Haustür zugeschlagen wurde.

»Die dreht ja total durch«, sagte Bente.

Ja, dachte ich. Die dreht wirklich total durch.

Aber glauben konnte ich es nicht. Ich konnte auch Bente nicht mehr küssen. Grete Eiks Blick hetzte durch meine Türen und schlug sie zu.

Was war mit ihr los? Warum tauchte sie plötzlich hier auf?
»Willst du nicht tanzen, oder?«, sagte Bente.
»Was?«, sagte ich.
»Ach du lieber Himmel«, seufzte sie.
Jetzt stand ich allein da. Jetzt war ich wieder nur Arne Bu. Ich trottete hinaus in den Flur.
Ich zog mich an und ging. Ich musste sie finden. Ich musste mit ihr reden. Ich musste . .

25

Es roch nach verbrannten Gartenabfällen. Das alte Jahr war zusammengerecht und in Brand gesteckt worden. Kleine Feuerchen qualmten in den Gärten. Der späte Abend hatte noch ein wenig Licht in sich. Der Weg war nicht mit Liebe voll. Noch immer fuhren hier Autos. Mit diesen Leuten, die ganz schnell hier oder dort sein wollten.
Ich sah sie ganz nah beim Friedhof. Sie lachte nicht. Sie ging ganz allein. Sie ging grußlos an vielen Menschen vorbei. Ich dachte, sie weiß, dass ich dicht hinter ihr bin. Ich rannte ja.
Dann war ich dort, wo sie war.
»Hallo«, sagte ich.
Sie erschrak. Erschrak sie wirklich? Hatte sie nicht damit gerechnet, dass ich komme?
»Hallo«, sagte sie.
Sie blieb nicht stehen. Sie ging weiter. Sie wollte

wohl nach Hause. Es war, als versuchte sie mich abzuschütteln.
»Alles in Ordnung?«, sagte ich.
»War die Party plötzlich aus?«, sagte sie.
Ich gab keine Antwort. Ich ging einfach.
Worte hatten es so an sich alles durcheinander zu bringen. Aber was hatte ich denn anderes zur Verfügung?
»Kommst du ein bisschen mit hier rein?«, fragte ich.
»Auf den Friedhof?«
»Ja?«
»Warum das?«
»Kein besonderer Grund.«
»Was willst du eigentlich?«
»Will?«
»Du gehst mir nach.«
»Wollte nur . . . bisschen mit dir reden.«
»Dann red doch.«
»Gehen wir ein bisschen hier durch, oder?«

Wir gingen über den Friedhof. Wir waren zwei Lebende.
Wir waren noch dazu jung. In der Jugend blühendstem Lenz waren wir. Mein Herz klopfte und dröhnte hinter den Rippen. Die Erde war ganz still. Ich wollte am liebsten nicht mehr sprechen. Ich wollte nur ihre Schritte an meiner Seite hören.

Und dann und wann wollte ich mich zu ihr hindrehen. Während die Zeit verging. Während das Leben verging. Und wenn das Leben zu Ende wäre, wollte ich mich an ihrer Seite niederlegen und zu Erde werden.
Ebensolche Erde wie sie.
»Ich denke an dich«, sagte ich.
»Denkst an mich?«, sagte sie. »Wieso?«
»Denke an dich. Wie es früher war und so.«
»Gibt's da was zum Drandenken?«
»Für mich jedenfalls. Manchmal.«
»Hast du deine Facharbeit jetzt fertig?«
»Ja. Hab sie abgegeben.«
»Ich glaube auch nicht, dass es die Liebe gibt«, sagte sie.
»Tust du nicht?«
»Nein. Ich sehne mich nach etwas und weiß nicht, wonach. Dann wird man gierig. Viele sind das. Gierig. Die Liebe ist nur . . .«
»Ein Filmtrick?«
Auf dem Friedhof gab es eine Art Unterstand. Nur ein paar Plastikgießkannen und Schaufeln standen dort beisammen. Sie ging zu ihnen hin. Ich ging ihr nach.
Sie rieb ihre Hände aneinander. Sie waren wohl kalt. Ich ging auf sie zu. Dann griff ich mit meinen Händen nach ihren. Ja, sie waren kalt. Ich rieb sie

ein wenig. Alle vier Hände. Es war, als gehörten sie zusammen. Sie passten gut zueinander. Die Hände zwischen uns. Ich sah sie mir an. Mir war nach Weinen zu Mute, aber ich weinte nicht. Ich stand nur da und dachte, dass dies Wirklichkeit war. Dass genau so das Leben war. Und so war es auch. Ich stand in einem Unterstand auf dem Friedhof und hatte alles. Nichts fehlte.

»Du«, sagte ich.

Aber sie gebot mir Schweigen. Ich sollte nichts sagen. Ich sagte auch nichts mehr; daraufhin. Ich stand nur da und fühlte diese lebendigen Hände zwischen uns. Sie hielten uns zusammen. Es war besser, sie nicht zu stören.

Aber ich wusste, dass es irgendwann zu Ende sein würde. Wir konnten nicht tagelang so stehen bleiben. Schon morgen konnte jemand kommen, um eine Schaufel zu holen. Außerdem brauchten wir irgendwann etwas zu essen. Wir mussten uns für die Schule fertig machen. Wir mussten . . .

26

Was nicht alles getan werden musste, was nicht alles geschehen würde.
Es war unheimlich, daran zu denken. Eines Tages würde ich vielleicht in meinem eigenen Haus sitzen. Würde dort sitzen und mir über die Liebe im Fernsehen eins ins Fäustchen lachen? Würde dort jemand in dem zweiten Stuhl sitzen?
Ich dachte nicht so besonders viel darüber nach. Bis dahin war noch viele Jahre Zeit. So vieles würde passieren.
Grete war mit ihren Händen nach Hause gegangen. Mit ihrem Blick. Mit allem war sie nach Hause gegangen. Ohne irgendein Versprechen. Sie hatte begonnen an der Liebe zu zweifeln; auch sie.
Aber was da in diesem Unterstand zwischen uns gewesen war, das, was nicht aus Worten bestand. Das, was einfach da war. Das war auf jeden Fall

wahr. Daran glaubte ich. Ich trug es mit mir durch die Nacht. Ich hätte heimgehen sollen. Ich hatte keine Erlaubnis, länger draußen zu sein. Aber ich ging nicht nach Hause, ich ging hinauf zu Gunnar. Ich hoffte, Bente würde immer noch dort im Zimmer warten. So war ich. Ich wollte mit ihr im Dunkeln tanzen. Ich wollte den Atem spüren, der nach Erde roch.

Aber Bente war gegangen. Es waren Jostein Myra und Gunvor, die ich dort antraf. Ja, Gunvor war gekommen. Irgendwo im Haus quietschte ein Bett. Es sah aus, als wäre der Wind hier durchgefahren und hätte alles durcheinander gewirbelt, was nicht niet- und nagelfest war. Kartoffelchips und Flaschen und Teller, der ganze Fußboden. Ein Vorhang war heruntergerissen. Ein Stuhl lehnte am Fernsehapparat.

Nur Gunvor und Jostein Myra schienen vom Wind unberührt. Sie hatten wohl überhaupt nicht bemerkt, dass er wehte.

Sie saßen eng zusammengedrängt in einer Sofaecke. Ihre Hände waren eifrig und ihre Kleider saßen nicht mehr ganz an der richtigen Stelle.

Sie zuckten zusammen, als ich hereinkam. Ihre Augen blinzelten verwirrt in die Welt. Diese blödsinnige Welt, die sie endlich vergessen hatten.

»Du hast hoffentlich nicht das Bedürfnis, uns jetzt zu interviewen«, sagte Jostein Myra.
»Tschüs«, sagte ich.
Sie atmeten heftig und waren wieder anderswo.
Irgendwo in mir begann etwas zu weinen. Ich ließ es heraus. Es war gar nicht so viel.
Aber es war die ganze Zeit da, während ich zu meinem alten Bett unterwegs war.

27

Das Gras wurde grün. Auf den Rasenflächen war gut sitzen.
Wir saßen dort und blätterten in unseren Facharbeiten.
Wir hatten sie zurückbekommen und die Sonne schien so, dass wir die Kommentare des Lehrers gut lesen konnten.
Grete Eik riss mir mein Heft aus den Händen. Sie kam einfach so im Sonnenschein daher und riss mir das Heft weg.
»Vielleicht ein bisschen zu viel Werbung«, las sie. »Originelle Idee und interessante Gedanken. Vielleicht etwas zu wenig durchdachte Aussagen.«
Sie lachte. Es war ein schönes Lachen. Es gab ja so viel, worüber man lachen konnte.
Aber hinter dem Lachen war Stille, das wusste ich. Denn selbst lachte ich auch. Ich lachte recht gut.

Und als Grete Eik plötzlich im Gras lag und quietschte, weil irgendein Typ sie zu kitzeln anfing, lachte ich weiter. Ich sah, wie er sich an sie heranmachte und in ihre Achselhöhlen fasste.
Viele lachten an diesem Tag. Viele, die einander kitzelten. Ich ging allein über den Schulhof.
Es hatte zum Unterricht geläutet. Wir mussten aufhören zu lachen. Wir hatten Physik.
Plötzlich schlug mir jemand auf die Schulter. Es war Gunnar.
Er fragte mich, ob wir uns nicht für eine Stunde verdrücken könnten.
Drüben an einer anderen Tür hörte ich Grete Eik wieder lachen. Irgendein Kerl hatte sie die Treppe hinaufgetragen. Jetzt versuchte er sie durch die Tür zu bugsieren. Sie quietschte.
»Komm schon«, sagte ich.
»Fein«, sagte Gunnar. »Wir leisten uns ein Stück Kuchen und husten auf alles.«
Und dann hauten wir ab.